竜人《りゅうじん》は十六夜《いざよい》に舞《ま》い降《お》りて

藤崎《ふじさき》 都《みやこ》

ILLUSTRATION：小山田《おやまだ》あみ

竜人は十六夜に舞い降りて

LYNX ROMANCE

CONTENTS

竜人は十六夜に舞い降りて

「じいちゃん、はやく！」

公園が見えてきたことが嬉《うれ》しくて、蛍《けい》は祖父の手を振り払って走り出した。

「慌てると転ぶぞ、蛍」

「へーきへーき……うわっ」

そう云《い》った直後、勢いよく転んでしまった。

「うぐ……」

見得を切ったあとで転んでしまった恥ずかしさと膝《ひざ》を強く打った痛みに泣きそうになるのを必死に堪《こら》える。

蛍はぐっと歯を食い縛り、どうにか起き上がった。

「蛍、大丈夫か？　急ぐと転ぶから気をつけろと云っただろう？」

「だって……っ」

祖父と二人きりの外出は久しぶりで、嬉しかったのだ。気まずさに俯《うつむ》いたら、アスファルトで擦りむいた膝からじわりと血が滲《にじ》んでいるのを見てしまった。

「う……ひっく……」

さっきはどうにか我慢できた涙が溢《あふ》れ出す。それでもしゃくり上げないよう、唇を引き結ぶ。男の子は滅多《めった》なことで泣くものではないというのが祖父の教えだ。

祖父は神妙な顔で蛍の目の前にしゃがみ込み、視線を合わせてくれる。頭を優しくぽんぽんと撫《な》でられ、泣きたい気持ちがまた大きくなってくる。

「すごいぞ、痛いの我慢できたの偉かったな。いま祖父《じい》ちゃんが治してやるから、怪我《けが》したところを見せてみろ」

祖父は蛍を抱え、すぐ傍《そば》の花壇の端に座らせてくれた。怪我した膝は痛いけれど、祖父が治してくれるのならもう大丈夫だ。

「あー、こりゃ痛いだろう。ずいぶん派手にやったな」

「なおるとおもう……？」

祖父まで痛そうな顔をするのを見て、不安になってくる。そんなに酷《ひど》い怪我なのだろうか。

「祖父ちゃんのおまじないがよく効くのは知ってるだろう？」

「うん」

「いいか？　いくぞ。痛いの痛いの飛んでいけー」

祖父の手が膝を包む。触れられているところがぼんやりと光り、温かくなってくる。おまじないが三度繰り返されて手が離れていくと、蛍の膝は転ぶ前のように綺麗《きれい》になっていた。

「もういたくないよ、じいちゃん」

そう告げると、祖父は優しく微笑《ほほえ》んだ。

「祖父ちゃんが怪我を治せるからって、無茶なことはするんじゃないぞ。祖父ちゃんがいないときだってあるし、いつでもおまじないが使えるわけじゃないからな」

「わかった」

「約束できるか？」

「うん、やくそく」

指切りをしてから、自分一人で立ち上がる。その様子を見て祖父は満足げに頷《うなず》くと、蛍の手を取って公園に向かって歩き出した。

今度は祖父の手を離さないように、ゆっくりと歩を進める。

「ねえ、ぼくもじいちゃんみたいにおまじないがつかえるようになる？」

「そうだな、大きくなったら使えるようになるかもな」

「ほんとに？」

「ああ。ただし、たくさん練習しないとならないぞ。蛍は頑張れるか？」

「がんばれるよ！」

「それじゃあ、蛍のための練習メニューを考えておかないとな」

魔法が使えるようになったときのことを夢想する。

おやつのプリンを増やしてお腹《なか》いっぱい食べることができるようになるかもしれないし、みんなで出かける日の天気を絶対晴れにすることだって可能かもしれない。

「じいちゃん。いつものおはなしして」

「いいぞ。どの話がいい？」

「りゅうのおともだちのはなし！」

「またあの話か？」

祖父はみんなといるときはあまり喋《しゃべ》らないけれど、蛍と二人きりのときは色んな話をしてくれる。

その中でもお気に入りなのは、魔法の国の話だ。

祖父は蛍より少し大きいくらいの歳《とし》だった頃、その魔法の国からやってきたのだ。このことは二人だけの秘密だ。

祖父には強くてカッコいい竜の友達がいるそうだ。二人で色んなところに冒険に出かけた話は何度聞いてもわくわくする。

「じいちゃんのおともだちにもあってみたいな」

「祖父ちゃんももう一度会いたいよ。いま、どうしてるだろうな」

そう云って、遠くを見つめる。

「たぶん、じいちゃんにあいたいっておもってるよ。じいちゃんだって、あいたいなっておもってるでしょ？」

友達なら同じようなことを考えてるはずだ。

「……そうだな」

「そうだよ！」

大好きな人と会えないことが悲しいということは、蛍も知っている。寂しそうに笑う祖父を元気づけようと、蛍は力強く告げた。

1

「おい、秦野《はたの》。ちょっと手伝えよ」

纏《まと》わりつくような不快な声に、残業をしていた秦野蛍は思わず体を硬くした。

(……またか)

命令口調で話しかけてきたのは、一年先輩というだけで大きな顔をして蛍をいいようにこき使ってくる同僚の寺内《てらうち》だ。

フロアにはすでに自分たちしかおらず、彼と二人きりという状況にげんなりする。

「……すみません、いまちょっと手が離せなくて」

スクエアの眼鏡《めがね》を押し上げるふりをして呑《の》んだ息をそっと吐き、無駄だとわかりつつ一旦《いったん》は断りを入れた。

寺内の手伝いなど、どうせろくなことではないはずだ。彼の仕事を丸投げされるか、嫌がらせとして非生産的な作業を押しつけられるかのどっちかだろう。

「ぁあ？　俺の頼みが聞けないって云うのか？」

「そういうわけでは……」

寺内は自分よりも弱い人間をターゲットにマウンティングすることで、心の安寧を得るタイプだ。

周囲の空気を読んで行動する蛍のような人間は、彼のようなタイプの標的になりやすい。

当初はきっぱりと断ったり、毅然《きぜん》とした態度で臨もうと努めていたのだが、反応すればするほど執《しつ》拗《よう》に絡んでくる。

かと云って、同僚である以上無視するわけにもいかない。そのうちに面倒《めんどう》になってしまい、よくないと思いながらも受け流すようになってしまった。

そうやって理不尽さを耐えることも苦だけれど、不機嫌な態度を取られたり、怒声を浴びせられたりするほうがストレスが大きいからだ。

人と揉《も》めるのは嫌いだ。自分が我慢して丸く収まるなら、そのほうがいい。小さい頃から、ずっとそうやって過ごしてきた。習い性はなかなか変わらない。

「大体、いつになったらそれ終わるんだ？　いつまで経《た》ってもトロいよな」

「――――」

誰が放《ほう》り投げた仕事なのか、もう忘れてしまったのだろうか。反論する気も湧《わ》いてこない。仕事をしないなら、せめて邪魔をしないでくれると助かるのだが。

いまやっている作業も彼の尻拭《しりぬぐ》いの一環で、本人にやり直させるよりは蛍がやったほうが確実だからと上司に割り振られた。

体よく仕事を押しつけられているだけならまだよかったのだが、セクハラめいた行為も取るようになってきた。

彼女はできたかとか、まだ童貞なんだろ？　などと揶揄《やゆ》されるだけでなく、体に触れてくるのが不快で堪《たま》らない。

手に負えなくなった仕事を振ってくるときにわざとらしく肩を撫でてきたり、通りすがりに尻を触ってくる。

自分が女子だったら証拠を集めてセクハラ被害で訴えてやるところだが、旧態依然の空気が残るこの会社では男だというだけで笑い話にされてしまう。

最近では街中で彼に似た背格好の色黒で茶髪の男性を見るだけで、胃の辺りが冷えるような感覚を覚えてしまう。

「そんなのあとにしろよ。金曜日のこんな時間に残業してるんだから、どうせ暇なんだろ？　明日、休日出勤してやれよ」

「さすがにそれは……」

確かに友人は少ないし、金曜日の夜や週末に予定が入っているわけではないけれど、蛍だってできることなら時間を気にせずゆっくり休みたい。

見そびれている映画の配信の期限もあるし、部屋の掃除や溜《た》まっている洗濯物も片づけたい。気になる企画展を見に、美術館に足を運びたいとも思っている。

しかし、この半年仕事に追われる毎日で、ほっと一息つく余裕など持てていなかった。

（ていうか、さっき帰ったんじゃなかったのか？）

社員は皆すでに帰宅し、残っていたのは蛍だけのはずだった。

寺内が進んで残業をすることはほとんどない。仕事が終わらなければ、ペアを組まされている蛍に押しつけてさっさと定時に帰宅する。

仕事自体は好きだし、上司は気が利かないけれど嫌いではない。給料もいいとは云えないけれど、独り身には充分な額だ。

ただ、この寺内の存在だけが蛍を憂鬱《ゆううつ》にする。

人を悪し様《あざま》に云うのは好きではないけれど、どうしてクビにならないかと不思議に思う存在だ。大口を叩《たた》くわりに真面目《まじめ》に仕事に取り組んでいる様子は見受けられない。

「いいから、とっととついてこいよ。ったく、いつもいつも鈍臭いよなあ」

「………」

鈍臭いわけではなく、従いたくないだけなのだが。

ため息混じりに立ち上がり、渋々寺内についていく。気乗りはしないが、断ったところで恫喝《どうかつ》されて嫌な思いをするだけだ。

こういう人種は屁理屈を捏《こ》ねるのだけは上手《うま》い。正面から反論しても、話題を逸《そ》らして違う話題で煙《けむ》に巻き、自分には非がないと主張する。

(さっさとすませて戻ればいいか……)

ストレスと空腹でみぞおちの辺りに不快感を覚えながら、蛍はそう自分に云い聞かせる。やがて到着したのは、各部署の備品をしまっておく倉庫だった。

窓のない部屋を物置きにした場所で、社員の不倫の逢《あ》い引《び》き場所に使われているという噂《うわさ》が流れてからは総務部が鍵《かぎ》を保管するようになったはずだ。

「ほら、入れよ」

寺内は鍵を開け、暗い室内に蛍に入るよう促す。躊躇《ちゅうちょ》していると、背中を乱暴に押され強引に押し込まれた。

「それで、手伝いって何なんですか?」

辟易《へきえき》とした気持ちを押し隠しながら問う。面倒な資料探しか何かだろう。こうなったら、さっさと終わらせてしまいたい。

部屋の照明のスイッチを探して壁に手を這《は》わせるけれど、なかなか見つからない。この時間は廊下も薄暗いため、全然明かりが足りなかった。

「そう急ぐなって」

寺内の薄ら笑いに、妙な焦燥感が込み上げてくる。嫌な予感を無視できずにいたら、ガシャンとドアが閉まったあと、カチッという音が続けて聞こえた。

「先輩?」

(いま鍵を閉めなかったか?)

暗いままでは心許《こころもと》ない。一刻も早く明るくしようとようやく発見したスイッチを入れて振り返ろうとした瞬間、後ろから寺内に抱きつかれた。

「な……っ!?」

あまりにも想定外の行動に、一瞬何が起こったのか理解できなかった。状況を把握した途端、嫌悪感に吐き気が込み上げてくる。

「お前もその気だったんだろ?」

蛍を後ろから抱き竦《すく》めた寺内は、耳元でそう囁《ささや》いてきた。生温かい息が首筋を撫でる感触に、ぞわっと寒気が走る。

何がその気だったと云うのか、寝言は寝てから云って欲しい。

「や、やめてくださいよ、こういう冗談……」

即座に笑い話にしようとしてしまうのは、よくない癖だ。しかし、事を荒立てずに片づけられるならそのほうがいい。

「今更ごまかすんじゃねぇよ。前から誘うような目で俺のこと見てただろ？　物欲しげな顔しやがって」

「は……？」

まったく身に覚えのないことを云われ、間の抜けた声を上げてしまった。可能ならば顔だって見たくないような存在なのに、何を云っているのかわからない。

（誰が誰をどんな目で見てたって？）

セクハラは蛍へのただの嫌がらせの手段の一つでしかないと思っていた。しょっちゅう後輩の女性社員に誘いの言葉をかけているし、キャバクラにもよく行っていると公言している。

そんな寺内が同性の自分のことを性的な対象として見ていたとは予想外すぎる。その上、そんな突拍子もない思い込みをしていたなんて驚きで言葉も出なかった。

常々、思考回路が理解できないと思っていたけれど、理解しようとしていたことが間違いだったのかもしれない。

「なあ、どうせ相手なんかいないんだろ？　俺が気持ちよくしてやるって云ってるんだよ」

「!?」

股間《こかん》を弄《いじ》られる嫌悪感にぞわっと鳥肌が立ち、はたと我に返った。いくら事なかれ主義の蛍でも、このままいいようにされる気はない。

「ありがたく楽しめよ？」

「ありがたいわけない、だろッ！」

「い……ッ⁉」

込み上げてくる吐き気を堪えながら、踵《かかと》で思いきり寺内の足を踏みつけた。

足の甲は弱点の一つだ。寺内は痛みに声にならない声を上げる。拘束が緩んだ隙《すき》に、蛍はまろび出るようにして彼の腕から逃れ出た。

しかし、その勢いでバランスを崩して前のめりに倒れ込んでしまった。

「……ッ」

出入り口は一つしかないけれど、奥まで行って棚の裏から回り込めば逃げられるはずだ。急いで体勢を立て戻そうと、床に手をついて体を起こす。

「てめぇ……人が優しくしてやってんのに、調子に乗りやがって……！」

「うわ……っ」

立ち上がる前に膝を蹴《け》られて床に再び倒れ込む。再びべしゃりと潰《つぶ》れ込んだその弾みで、眼鏡が外れてどこかへ行ってしまった。

（逃げないと）

どうせ伊達《だて》眼鏡のようなもので、ほとんど度は入っていない。いまは眼鏡よりも逃げ出すことが先決だ。

床を這うようにして少しでも距離を取ろうとするけれど、寺内はそんな蛍を嘲笑《あざわら》いながら腹部を蹴り上げてくる。

「ぐは……っ」

息が止まる衝撃に体がくの字になる。げほげほと噎《む》せていると無理やり仰向《あおむ》けにされ、体の上に跨《また》がられた。

「嫌だ、放せ……っ」

「うるせぇなあ、手間かけさせやがって」

「……ッ」

バシッと頬《ほお》をはたかれる。反射的に睨《にら》みつけると、寺内の瞳《ひとみ》は凶暴な色に染まった。瞳孔《どうこう》が開き、興奮した表情になる。

「クソ生意気なその目が堪んねーんだよな。本当は俺が欲しいくせに――」

跨がられた腰に体重をかけられ、両手も押さえつけられている。一矢でも酬いようと、唾《つば》を吐きかけると寺内は激高した。

「調子に乗るなよ！」

「かは……っ！」

平手打ちされる破裂音が左右を往復する。さっきよりも強く顔を叩かれたせいで、頭の中がぐらぐらする。

振るい慣れていると思《おぼ》しき暴力で、寺内は蛍を黙らせる。ショックに呆然《ぼうぜん》としている蛍の首を両手で摑《つか》み、喉《のど》を締めつけてくる。

「無駄に綺麗な顔してるよな。どうせその顔で男も女もたらし込んできたんだろ？　大した仕事もしてねえのに依怙贔屓《えこひいき》されやがって」

「は？　何云って――」

別に贔屓などはされていないし、便利に使われているだけだ。不満があるなら寺内だって同じように身を粉にして働けばいい。

「お前が悪いんだよ。物欲しげな顔しやがって」

「!? や……め……」

息ができない苦しさに身悶《みもだ》えるけれど、押さえ込まれた体はびくともしない。首を絞める手を引《ひ》っ掻《か》くものの、力が入らなくなっていく。

蛍を見下ろす寺内の目つきは尋常ではなかった。体格差もあるけれど、まるでトランス状態に陥ったかのように恐ろしいほどの力だった。

普段から粗雑でドアを足で閉めたり、蛍を小突いてきたりはしているけれど、ここまでの暴力を振るうような男だとは思ってもいなかった。

（くそ、俺が何をしたって云うんだ……！）

犯されるだけでなく、このまま殺されるかもしれない。そんな恐怖と自分の無力さに心が折れそうになる。

ストレスを抱えつつも、平凡な毎日を送っていたはずだ。なのに、日常であるはずの会社でこんな目に遭うなんて不運どころの話ではない。

蛍は縋《すが》るように、胸に下げた祖父の形見のペンダントを服の上から握りしめた。

亡くなった祖父は、蛍に危険が迫ったときにこれを手にして助けを求めなさいと云ってお守りとしてくれた。それから肌身離さず持っている。

（誰…か……助けて……）

無駄だとわかっていながらも、そう祈る。いまの蛍には祈ることしかできなかった。

もうダメかもしれない。絶望と共に意識が途切れそうになった瞬間、カッと視界が明るくなった。

「な、何だ？」

突然のことに、寺内も戸惑いの声を上げる。その弾みに首を絞める手が緩み、急激に空気が肺に流れ込んできた。

げほごほと噎せ返りながら、状況を把握しようと周りに目を向ける。

部屋の照明がついたにしては明るすぎる。自分が服の上から握りしめたペンダントが光っているのだと気づいた直後、その光が洪水のように溢れ出した。

「……！」

眩《まぶ》しさのあまり、蛍はぎゅっと目を硬く瞑《つぶ》る。

まるで台風を閉じ込めたかのように縦横無尽に倉庫内を風が吹き荒れている。ばさばさと書類が巻き上げられてぶつかり合う音が聞こえる。

(何が起こってるんだ？)

自分の顔を守るためか、蛍の首を押さえつけていた寺内の手が離れた。強風の中で息を整えながら、寺内の下から這い出した。

よくわからないけれど、お陰で助かった。やがて風も収まり、光が小さくなっていく。もう大丈夫だろうかと恐る恐る目を開けると、頭上で低く通る声がした。

「ようやく俺を呼んだな」

嬉しそうな、それでいて呆《あき》れの混じった優しい声だ。

（……ようやく……？）

どういうことかわからず、目をしばたたく。蛍の上にのしかかったままの寺内は、口をぽかんと開けた間の抜けた表情で何かを見上げていた。

その視線の先を追うように、顔をさらに上へと向ける。そこには、見たことのない長身の銀色の髪の男が立っていた。

突然の第三者の登場に、蛍も寺内も呆気《あっけ》に取られていた。現実に頭がついていっていない。

「な、何だてめえ……」

「貴様か、我が盟友に仇《あだ》なす奴《やつ》は」

「一体どこから……っぐ、あが……っ」

男は問答無用に寺内を引き剝《は》がして締め上げる。襟首を摑まれて持ち上げられた寺内は床から浮き上がっていた。

（す、すごい……）

彼の爪先《つまさき》を横目に見ながら脇《わき》に避《よ》け、体を起こす。よくわからないけれど、助けてもらったらしい。

ペンダントを再び握り、ほっと一息つく。

最初のうちはじたばたともがいていたけれど、その動きも鈍くなってきた。誰かに助けては欲しかったが、だからと云って殺して欲しいわけではない。

自分のために犯罪を犯させるわけにはいかないと思い、慌てて男を止めに入った。

「あ、あの！　そのくらいにしておいてください！」

「この手の輩《やから》は放っておけば同じことを繰り返す。始末しておいたほうがいい」

「いや、でも、そうするとあなたが捕まっちゃうんで！」

正当防衛を主張するにしても、被害に遭っていたのは蛍だ。第三者の彼では、過剰な暴力と捉《とら》えられてしまいかねない。善意で助けてくれた恩人をそんな目に遭わせたくなかった。

「この世界ではそういう決まりなのか。致し方ない」

男は残念そうに寺内を放り投げる。固定された棚に派手にぶつかり、上から落ちてきた文房具を頭から被《かぶ》る。げほげほと噎せている寺内に男が一歩歩み寄る。

「ば、化け物……！」

寺内はひっと怯《おび》えた声を上げ、転がるようにしてドアに縋りつく。ノブをガチャガチャと回し、開かないことに焦りを募らせていた。

「何で開かないんだよ……っ」

「自分で閉めたんじゃ？」

さっきとは打って変わって被害者面をしている寺内が滑稽《こっけい》で、思わず冷静に突っ込んでしまった。

「〜っ！」

蛍の指摘に自分で施錠したことを思い出したらしく、顔を赤くする。そして、覚束《おぼつか》ない手つきで鍵を使ってドアを開け、廊下にまろび出る。

バランを崩した弾みに鍵を取り落としたが、寺内はそれを拾わずに脱兎《だっと》の如《ごと》く逃げていった。蛍は落としていった鍵を拾い上げてみる。

倉庫の鍵のようだが、プレートがついていない。もしかしたら、悪さをするために勝手に合い鍵を作っていたのかもしれない。

癖でフレームを押し上げる動作をして、さっき眼鏡が吹っ飛んでいったことを思い出した。探しに行くと、棚の下に入り込んでいた。

幸い、壊れてはいないようだ。眼鏡についた埃《ほこり》を袖《そで》で拭《ふ》き取ってかけると、気持ちが落ち着く。蛍にとって眼鏡は、視力の矯正というより心の鎧《よろい》のようなものだ。

「おい、あれでよかったのか？」

「は、はい。ありがとうございまし――」

声をかけられて改めて向き合った銀髪の男は、目を瞠《みは》るほどの美形だった。

（うわ……）

百七十センチの蛍より三十センチは高いと思われる身長に、がっちりとした筋肉質の肉体。

やや褐色の肌に虹色の瞳。吊《つ》り上がった眦《まなじり》は凜々《りり》しく、睫毛《まつげ》は瞬《まばた》きのたびに音がしそうなほど長かった。ギリシャ彫刻も霞《かす》むほど端正な顔立ちだが、どこかオリエンタルな雰囲気もある。

どこの国の人かはわからないが、身に着けている妙な民族衣装風の衣装もよく似合っている。尖《とが》っているように見える耳や首には繊細な細工が施されたアクセサリーが下がっていた。

一言で云うと、ファンタジー映画の中から飛び出してきたかのような人物だ。蛍は状況も忘れて見入ってしまう。

（……ちょっと待て。一体どこから現れたんだ？）

鍵が内側からかかっていたのは、さっきの寺内の行動で明らかだ。密室だったこの部屋に、彼はどうやって現れたのだろう。

先に誰かがいたような気配はなかったが、もしかしたら他にも出入りできるドアがあったのだろう

か。

もしそうだとしても、さっきの謎《なぞ》の光は何だったのか疑問が残るし、嵐《あらし》のように風が吹き荒れていたのも不可解で、わからないことだらけだった。

もっとパニックになって然《しか》るべきだが、人間驚きすぎると逆に冷静になれるようだ。

「探してたんだぞ、カイ。息災にしていたか？」

「かい……？」

まるで旧知の仲のように話しかけられて戸惑った。誰かと間違えているのではと云おうとして、ふと気がつく。

蛍の祖父の名前は『海』と書いて、カイと読む。若い頃の祖父にそっくりだと、よく祖母に云われていたが、もしかして彼は祖父の知り合いなのだろうか？

「ええと、海は祖父の名前ですけど、祖父とお知り合いの方ですか……？」

現実離れした状況すぎて、間の抜けた問いかけをしてしまう。こんな素《す》っ頓狂《とんきょう》な格好をしている知り合いが祖父にいたなんて驚きだ。

「祖父……？」

怪訝《けげん》な顔をしたあと、蛍の顔をまじまじと見つめてはっとした表情になった。

「俺の祖父が海です」

「つまり、お前はカイの孫なのか」

「はい」

「つまり、俺を呼んだのはお前だということか？」

「そのつもりはなかったんですけど、そうかもしれません」

蛍も状況を受け入れるのが難しかったが、彼のほうも現状を把握するのに時間がかかっているようだ。何だか、間の抜けた会話だ。

「カイとよく似ているな」

「え？　あ、そうみたいですね」

髪こそ黒いものの日本人にしては色の白い肌に、はっきりとした目鼻立ち。蛍の容貌《ようぼう》は、祖父の若い頃に生き写しだと云われていた。

子供の頃は口さがない同級生たちに『外国人』と云ってからかわれることもあった。外国の血は入っていないと母は云っていたけれど、目立つ容姿だったことには変わりない。

目立っていたのは顔だけではない。一見したところ瞳は黒いけれど、光の強いところだとアメジストのような紫に見える。

この瞳は祖父も母も同じだった。この目の色を気味悪がられたこともあるため、前髪は長めにして、普段から眼鏡をかけるようになったのだ。

当初は伊達だったけれど、いまは少し度が入っている。パソコンのモニターを見つめすぎた弊害だ。

「名は何と云う」

「ええと、蛍です。秦野蛍」

「ケイか。いい名だな」

「ありがとうございます。それで、あの、失礼ですけどあなたは……？」

祖父がつけてくれた名前を褒めてくれて嬉しいが、いまは自分のことよりも目の前の男の正体を知りたい。

美形すぎる容姿も変わった衣装も、はっきり云って胡散《うさん》臭い。しかし、蛍の危機を救ってくれた恩人だし、不思議な親近感を覚えていた。

（全然知らない人なのに、何で懐かしい感じがするんだろ……？）

本来ならもっと驚いて然るべきだ。だけど、子供の頃遊び疲れて帰ってきた自宅でほっとするような、そんな安心感を覚えていた。

「そうだった、自己紹介がまだだったな。俺の名はグレン・ファレル。竜人族の戦士だ。グレンと呼んでくれ」

「は、はあ……」

竜人族だの戦士だの、日常生活では耳にしない単語が混じっていて、どう受け止めればいいか悩んでしまう。

（本気で云ってるんだよな……？）

ドッキリという可能性も考えたけれど、さっきの寺内の行動は冗談には思えなかったし、グレンと名乗った彼も質の悪い嘘《うそ》をつくようなタイプには見えない。

彼の自己紹介の真偽がどうあれ、少なくとも日本人ではないというのは確かだろう。

「祖父とはどういう関係なんですか？」

「そんな畏《かしこ》まらなくてもいい。俺はカイの盟友だ」

「めいゆう？」

聞き慣れない言葉に首を傾《かし》げる。

「互いの危機には駆けつけ、力になる——そういう盟約を結んでいる。その盟約により召還されたが、俺を呼んだのはお前ということだな？」

「いや、呼んだっていうか……」

盟約とか盟友と云われても頭がついていかない。

ペンダントを握って、誰ともなしに助けを求めただけだ。そう説明し、服の中からペンダントを取り出し、グレンに見せる。

「それは俺がカイに授けた召還の術をかけた魔道石だ。その石の力が発動し、俺はこの世界に呼び出されたんだが……通常は持ち主しか使えないはずなんだがな……」

グレンは訝《いぶか》しげに首を捻《ひね》っているが、蛍の頭では色々と理解が追いついていなかった。

「すみません、ちょっと整理させて下さい。ええと、つまりグレンさん……グレンはこの世界の人ではないってこと……？」

「そうだ」

「ということは、俺の祖父さんも違う世界の人間だった……？」

「そのとおりだ。ある大きな災害があってな。そのとき、カイは自分の身を挺《てい》して大勢を救ったんだ。だが、そのとき不慮のできごとが起こり、魔道石の暴発で異世界に飛ばされてしまったんだ」

「で、その異世界っていうのがこっちの世界だった——」

「そのようだな」

「………」

流れとしては理解したけれど、感情が追いついていなかった。

はっきり云って、真に受けている自分が信じられない。普通なら冗談だと思って笑い飛ばしているところだ。

だけど、そうできないのは祖父から聞いていた話が脳裏によぎったからだ。

（そういえば——）

物心ついた頃、祖父から自分はこの世界の人間ではなく、祖母の家族に拾ってもらったのだという内緒話をされたことがある。

『蛍にだけ、祖父ちゃんの秘密を教えてやろう』

『ぼくにだけ？』

『母さんや祖母《ばあ》さんには内緒だぞ。祖父ちゃんはな、魔法の国からやってきたんだ』

少年だった祖父は、あるとき大きな災害の影響でこちらの世界に飛ばされてきたのだと云っていた。最初は言葉もわからず、文化も違う場所でそれはそれは困り果てたという。

その頃の日本は戦後の混乱期で、祖父と同じように行き先のない子供たちが大勢いたそうだ。そういった子たちの見様見真似《まね》をし、言葉を覚え、その日暮らしをしながら元の世界へ戻る方法を探していたらしい。

そして、日々をどうにか暮らしながら街を彷徨《さまよ》っていたところを女の子に拾われ、彼女の家族の元に身を寄せることになったという。その女の子が、蛍の祖母だそうだ。

祖父の内緒話は、子供の蛍にした妻とのラブロマンスを脚色したお伽《とぎ》話のようなものだろうと思っていた。

（だけど、あれがもし本当のことだったとしたら？）

グレンの存在が、あの話の現実味を強くする。

「………………」

グレンの云っていることがどこまで本当かはわからない。

異世界と云っている場所は外国のどこかだという可能性もある。そうだとしても、彼が祖父を探していたのは嘘ではないようだ。

「俺は長い間カイを探していたんだ。カイが飛ばされた世界に繋《つな》がる糸口がなかなか見つからなくて難儀していたが、お前のお陰でようやく会うことができそうだ。感謝する」

「――――」

声を弾ませるグレンに、胸が痛む。彼にはこれから悲しい真実を告げなくてはならない。

「カイはどうしてる？　元気にしているか？」

グレンの問いかけに、言葉が詰まる。

再会を心待ちにしていた人に、もう絶対に会うことはできないのだと云わなくてはならないことが心苦しかった。

「……祖父はもういないんです」

「いない？　またどこかに飛ばされたというのか？」

「そうじゃなくて、その、二年前に老衰で他界しました」

「つまり、亡くなったということか？」

「…………」

蛍が頷くと、グレンは愕然《がくぜん》とした表情になった。

祖父が亡くなったのは、蛍の就職が決まった頃だ。孫が一人で生きていく術《すべ》を見つけ、安心したのかもしれない。

前日まで普通に話をしていたのだが、朝起こしにいったらすでに息を引き取っていた。

まるで眠っているかのような安らかな顔だった。八十歳を過ぎても尚《なお》、矍鑠《かくしゃく》としていたため百までは生きるだろうと思っていた。

祖母はその数年前に、そして、母は蛍が中学生のときに原因不明の病で亡くなった。

父は存命だけれど、妻にべた惚《ぼ》れだった彼は愛する人を亡くした喪失感に耐えられず、仕事にのめり込むことで現実から目を背けた。

妻にそっくりな息子を見ているとどうしても思い出してしまうからと転勤を希望して、いまは海外で働いている。

年に数度日本に帰ってきているらしいが、蛍に会いに来ることは滅多にない。時折、赴任先から絵はがきが届くことで生存を確認している。

祖父の葬儀には父も帰ってきたけれど、長いこと会っていなかったせいもあって遠い親戚《しんせき》のような感覚だった。

罪悪感を埋めるためか、蛍が就職したいまでも生活費を振り込んではくるけれど、預金の口座の記帳にすら行っていない。

「そうか、カイはもういないのか……。そういえば、人間は俺たちと寿命が違うんだったな……」

グレンは寂しそうに呟《つぶや》いた。彼の悄然《しょうぜん》とした様子に、祖父を亡くした頃のことを思い出す。

四十九日を終えて帰宅した日の家の広さはいまでも忘れられない。あのときの蛍の寂しさに似たものを、グレンはいま感じているのかもしれない。

気持ちがわかるからこそ、こんなときにかけられる慰めの言葉がわからない。言葉をかける代わりに、蛍はグレンの手をそっと握った。

「ケイ――」

ひんやりとしていそうな褐色の肌は、思っていたよりも温かかった。

握った手にぎゅっと力を込めて見上げると、グレンは潤んだ目を瞬いた。その弾みで眦から涙が伝い落ちていく。

（……涙が光ってる？）

虹色に輝く雫《しずく》は水滴とは違う動きで服の上を滑っていき、床に落ちていく。硬いものが当たる音がした。

「え？」

蛍は思わず落ちてきたものを手の平で受け止める。鈍く発光しているそれはまるで宝石のようだった。あまりの美しさに見入ってしまう。

「割れやすいから気をつけろ。人間の皮膚だと切れるかもしれない」

「え？　あ、そ、そうなんだ……」

手の平で受け止めた涙を渡すと、グレンはそれを握り込む。ぱきっと音がしたあと、光る砂になって指の隙間から流れ落ちていった。

その不思議な光景に目を奪われていたら、不意に礼を云われた。

「ありがとう、ケイ」

「え？」

何についての感謝の言葉なのかわからず聞き返すと、手を握り返された。蛍の慰めの気持ちが通じていたとわかりほっとする。

「カイに会えなかったのは無念だが、ケイに会えたことは僥倖《ぎょうこう》だ」

「……っ」

輝くような笑顔を向けられ、大きく脈が跳ねた。同性でも度の過ぎる美形は心臓に悪いようだ。

（いまは見蕩《みと》れてる場合じゃないだろ！）

いつまでもこんなところにいるわけにはいかないし、彼のことも放っておくわけにはいかない。

「あの、これからどうするんですか？」

咳払《せきばら》いで動揺を押し隠してから、このあとのことを訊《たず》ねる。

「もちろん、帰るつもりだ」

「そうですか、そうですよね！」

グレンの言葉にほっとする。助けてもらったことは感謝しているが、彼の今後を引き受けるのは荷が重すぎる。

「そのつもりではいるんだが――」

グレンが云いかけた瞬間、ぴぴっと腕時計のアラームが鳴った。

「何の音だ？」

「まずい、もう出ないと」

この時間のアラームは、ビルの施錠の時間の十分前にセットしてある。時間を忘れて仕事に没頭しがちな自分への忠告のためだ。

あまり遅くまで残っていると、警備員に怒られてしまう。その上、部外者のグレンのことが見つかると面倒なことになりそうだ。

「どうかしたのか？」

「とりあえず、ここを出ないと怒られる。あ、でも、これを片づけていかないとヤバいよな」

室内がめちゃくちゃになっていることを思い出した。倉庫を片づけていたら、朝までかかってしまう。しかし、放って帰るわけにもいかない。

こんなに荒れているところを他の社員に見つかったら問題になるし、そうなったときに事情を説明するのは難しい。

警備員の見回りを隠れてやり過ごし、徹夜で片づけるべきだろうか。どうしたものかと頭を抱える。

「ケイ？　何か困っているのか？」

「すみません、ちょっと待っててもらえますか？　この部屋を片づけないとならないので」

「なんだ、そんなことか。それなら俺に任せろ」

グレンは口の中で何やら唱えてから、ふっと息を吐く。その吐息はそよ風になり、倉庫の中を穏やかに巡っていった。

やがてあちこちに散らばっていた書類や文房具などは自《おの》ずと元の場所に戻っていく。

「すごい……」

本物の魔法を目の当たりにし、呆然と呟く。

改めて倉庫内を見回してみると、まるで何事もなかったかのような光景になっていた。

（いまのってて魔法ってやつだよな……？）

夢ではないことを確認するために眼鏡の下に指を差し込んで目を擦《こす》る。

こんな場所でなければ、何らかのトリックを仕込まれたと思うだろう。しかし、蛍しかいない倉庫でこんな大がかりなマジックをやる意味なんてない。

「大した術じゃない。それぞれの居場所に戻るよう促しただけだ」

「だけって……」

いまの魔法だけでも充分すごすぎる。あれが大したことがないのなら、本気を出したらどんなことができるのだろうか。

「このくらいお安いご用――」

グレンの言葉が途中で途切れる。どうしたのかと聞こうとしたのと同じくして、ガクリとその場に膝をついた。

「ちょ、大丈夫ですか？」

グレンはその場にへたり込み、辛《つら》そうに額を押さえている。どうやら目眩《めまい》がしているようだ。

「……すまないな。大丈夫だと云いたいところだが、どうやら魔力を使いすぎたようだ。格好つけた手前情けないが、力が入らない」

「え、本当に？」

謝罪の言葉も力なく、立ち上がることもままならないグレンの前に、蛍はどうしたものかと途方に暮れた。

貧血を起こしたような状態のグレンを支え、引《ひ》き摺《ず》るようにしてタクシーに乗せ、自宅へと連れ帰ってきた。

タクシーの運転手に手伝ってもらい、車中で意識がなくなってしまったグレンをどうにか居間に運び込んだ。

ぐったりと横たわっているグレンの頭の下に二つに折った座布団を押し込み、洗濯したあと畳まずに放ってあったタオルケットを体にかける。

「本当に病院行かなくて大丈夫ですか？」

「多分、横になってれば治ると思います」

異世界から来た人物をこちらの病院に連れていくことに躊躇《ためら》いがあった。

「あ、あの、ありがとうございました」

「いえいえ、またのご利用をお待ちしてます」

運転手に深々と頭を下げて見送った。

「家が近くてよかった……」

蛍の住む家は、都心のビルの谷間にある。

元々曾《そう》祖父母の土地で、祖父母の代で建て替えたのだそうだ。手狭ではあるけれど、交通の便は抜群にいい。終電を過ぎても、会社から歩こうと思えば歩いて帰れる距離にある。

そのせいでつい長々と残業をしてしまうのは反省すべき点だが、今日みたいな日は助かった。

ふと空を見上げると、ほんの少しだけ欠けた月が上っていた。

(そういえば、祖父さんが亡くなった日もこんな月が出てたっけ)

あのときは涙をこらえるために夜空を見上げたのだ。

蛍は玄関を施錠してから居間に寝ているグレンの様子を見に戻る。

意識を失ったというよりは、眠ってしまったのだろう。顔色を見る限り、具合が悪いというよりはエネルギー切れのようだ。

一見して完全無比と思われたけれど、こういう隙のあるところを見せられると親近感が湧いてくる。世話を焼いてやりたくなるというか、放っておけない気分になった。

(母性本能を擽《くすぐ》られるってこういう気持ちか?)

普段だったら、素性の知れない男を家に連れてくるなんて絶対にしなかっただろうが、グレンは不思議と信用できる気がしたし、もっと話をしてみたいと思ったのだ。

「……何ていうか、ヘンな感じ」

寺内に襲われたことはショックだけれど、それ以上にいまの状況が現実離れしているせいで彼のことを考えている余地は脳内になかった。

これが居眠り中で何もかもが夢だったと云われても、そのほうが余程リアリティがある。

台所で用意したものを持っていくと、グレンが目を覚ましていた。

「具合はどうですか?」

居間で横になっていたグレンに声をかける。

「だいぶよくなった。すまないな、みっともないところを見せて」

「別に気にしないで下さい。第一、俺のせいみたいなもんですし……。あ、これ飲んでみて下さい。あ、熱いから気をつけて」

グレンに祖父の使っていた湯飲みを手渡す。

「ありがとう」

食事をさせたほうがいいだろうが、胃が空のときにたくさん食べると体の負担になる場合もある。ひとまずは糖分補給をさせようと思い、葛湯《くずゆ》を作ってみたのだ。

「不思議な味だが美味《うま》いな。これは何という飲み物だ？」

「葛湯っていう飲み物ですけど、甘いものは大丈夫ですか？」

「積極的には食べないが、甘いものは嫌いではない」

グレンの表情からも、気に入った様子なのが見てとれてほっとした。蛍の家では風邪を引いたりして具合が悪くなったときは葛湯が定番だ。

彼の味覚的な文化が近いものかどうかはわからないが、祖父が好きで飲んでいたのだから飲めなくはないだろう。

しかし、異世界からやってきたという客をもてなす日が来るなんて、これまでの人生で想像すらしたことがなかった。

「ケイ、俺にそんな丁寧な態度を取ることはない。もっと砕けてくれ」

「はあ……」

「それにしても、ケイの家はずいぶんと面白《おもしろ》い建物だな」

「そうですか――じゃない、そうかな？」

グレンには変わった造りに思えるだろうが、日本においては典型的な木造家屋だ。身長が二メートル近くあるグレンにとっては、手狭な住居に感じるに違いない。

基本的に畳の上での生活だ。学生のときは二階に個室をもらい、ベッドで生活していたけれど、いまは一階の和室で寝起きしている。

「まあでも、確かにグレンには窮屈かも」

寝起きするだけなら支障はないだろう。帰るまでの間だけ我慢してもらうしかない。

蛍も自分のぶんの葛湯を作って、グレンの前に座った。久しぶりに口にした葛湯は、いつもよりも不思議と懐かしさを感じた。

「さっきまでいたところよりも、こっちの家のほうが暖かみがあって好きだ。空気もいいし、カイの守護の力を感じる」

「え、感じるってどんなふうに？」

祖父の名前が出て、前のめりになってしまった。

「結界とまではいかないが、悪い空気が入ってこないよう術がかけてあるようだ。薄れてきてはいるが、まだしばらく効果はあるだろう。お陰で俺も気分がすっきりした」

「そんなものが……」

昔は同じような家の多い住宅地だったけれど、いまは周囲に高層ビルが林立しているせいで、太陽が当たるのは一瞬だ。

それでもじめじめとした空気はなく、不思議と居心地がいい。

風が上手く抜けてくれているのだろうと思っていたけれど、もしかしたら何もかも計算されて建てられているのかもしれない。

祖父は亡くなったあとも蛍のことを守ってくれていたのだと知り、胸が締めつけられる。

「そうだ。気分がよくなったなら何か食べる？　簡単なものなら作れるけど……」

「ありがたい。好き嫌いはないほうだ」

「わかった。けど、大したものはできないから期待しないでね」

台所に行き、食品のストックを確認する。案の定、ろくなものは残っていなかった。冷蔵庫を開けても、卵とベーコン、あとはツマミ用に買ってきたチーズと缶ビールが残っているだけだ。

客に出すにはお粗末すぎる。せめて乾麺《かんめん》類はないだろうかと戸棚を探るが、今日に限って何もなかった。

「ごめん、何もなかった。いま買い出しに行ってくるから、ちょっと待ってて」

「気にするな。空腹で力が出ないわけではない」

「そうなのか？」

「俺の不調は魔力不足のせいだ。多分、一晩寝れば幾分マシになるだろう」

グレンはそう云って、葛湯を啜《すす》る。蛍の理解の外にある単語が出てきたため、思い切って質問してみた。

「ちょっと確認しておきたいんだけど、魔力ってさっきみたいな魔法の元みたいな……？」

「もしかして、こちらの世界では魔法を使っていないのか？」

驚いた様子で、グレンに逆に問い返される。

「魔法なんて全然！　そりゃ、使えたらいいなとは思うけど、そんなの夢物語だから」

ゲームやアニメの中では使われているけれど、現実にはありえない。

「そうなのか。確かにこの世界は魔力を使いにくい感覚はあるな。だが、ケイからもカイに似た強い魔力を感じる」

「俺から？」

「ああ、濃く血を継いでいるんだろう。魔法を使うのには適していないかもしれないが、修行次第では使えるようになるはずだ」

「俺が魔法を？　まさか、そんなの無理だろ」

グレンの言葉を笑いながら否定する。彼の素性や異世界のことは辛うじて信じているけれど、自分までが魔法使いだと云われたら笑うしかない。

「信じられなくても仕方はないか。この世界は力を出しにくいからな。きっと、カイも苦労しただろう」

「そ、そうなんだ……」

不可思議なグレンの登場やさっきの倉庫での謎の現象を目にしていなければ、冗談を云われているとしか思えなかっただろう。

（祖父さんも魔法使いだったんだ……）

蛍の中の魔法使いのイメージと自分の知っている祖父とが結びつかない。どんなふうに魔法を扱っていたのだろう。

「あ、そうだ。これが祖父さんの写真」

はたと気づいて、仏壇に飾っていた写真立てをグレンに見せた。本人に会わせることはできないけれど、写真を見せるくらいのことはできる。

「この人物が晩年のカイか？」

「そう。最後に三人で旅行に行ったときの写真」

高校生のとき、祖父母と蛍で温泉旅行に行ったのだ。初めてアルバイトをしたお金を貯《た》めて招待した。二人はとても喜んでくれて、いい思い出になった。

「いい顔をしているな。カイの笑顔が懐かしいよ」

グレンは仏壇の祖父の写真を見て、懐かしそうにしている。

「優しくて厳しくて博識で……自慢の祖父さんだったよ」

もう一つ飾ってあるのは、祖母と二人で写っている写真だ。それぞれ一人ずつ写っているものよりも、一緒の写真のほうが喜ぶのではないかと思ったのだ。

「この女性がカイの細君か？　美しい女性だな」

「だろ？　グレンの知ってる祖父さんはどんな人だった？」

「そうだな、無鉄砲で向こう見ずでこうと決めたら譲らない頑固者だったな。誰かが困っているのを見ると助けずにはいられない優しさもあった」

「無鉄砲で向こう見ず？　全然想像できないな」

蛍の知ってる祖父は慎重で冷静な人だった。蛍に対しては、どんなときもよく考えて行動しろと云っていた。

「俺もカイに命を助けられた一人だ」

「祖父さんに？」

「俺も昔は考えなしのところがあってな。無茶をしたツケで大怪我をして、山中で動けなくなったことがあったんだ。飲まず食わずで何日も過ごし、もうダメだろうと諦《あきら》めたときにカイが俺を見つけて助け出してくれたんだ」

「祖父さんは何で山に？」

「カイは駆け出しの魔道士で、修行のために山に入ったらしい。普通の人間は入ってこない険しい山だったが、カイは負けん気が強かったからな」

グレンは祖父の写真を見て、ふっと笑った。昔を懐かしんでいるのだろう。

「あの頃の俺は人間を信用していなかった。人間に助けられるくらいなら野垂れ死んだほうがマシだと思いカイを追い払おうとしたんだが、あいつは無駄にしつこくて……結局根負けした。小さな体で俺の足の上に乗った岩をどかし、習い立ての治癒の術で俺の怪我を治して、自分の持っていた食料を全部俺にくれたんだ」

「そんなことがあったんだ」

困っている人がいたら見過ごせない祖父らしいエピソードだ。小さい頃はお節介すぎる祖父が恥ずかしいこともあったけれど、いまは蛍も同じように行動してしまう。

「カイは潜在魔力は強かったが力の加減が下手くそで、俺を助けたあとカイのほうが動けなくなってしまってな。結局、俺が家まで送り届けることになったんだ」

「へえ」

思慮深い祖父にも無茶をしていた時期があったのかと思うと不思議な感じだ。本人にもっと昔のことを聞いておくんだった。

「そういえば、よく祖父さんから冒険の話を聞かせてもらってたのを思い出した。子供の頃、その話を聞くのが好きだったんだけど、竜の友達ってグレンのことだったんだな」

「俺のことをどんなふうに話していた？」

「強くてカッコいいけど、ドジなところもある相棒だって」

「ドジを踏んだのは一回だけだ」

グレンは不満げに反論してくる。その様子に二人の関係が反映されているようで微笑ましい。

もっと状況を把握できたらと思って質問をぶつける。

「グレンの世界では異世界に行くことは普通のことなの？」

「そうだな、普通かと問われると肯定しづらいが、相当に力のある者なら可能なことだ。向こうでは隣り合った世界がいくつもあるんだが、異なる力を必要とするとき決まった手順を踏んで協力者を招いたり、こちらから出向いたりすることがある」

飛行機で海外に行くようなものだと考えればいいのだろうか。だけど、グレンの説明では納得いかないことがある。

「ただ、カイは大規模な魔法の暴走で異世界――こちらの世界に飛ばされた。正しい道を通らなかったことで、帰り道を見失ったということだ」

「そっか……。あ、でも、さっき力のある者って云ったけど、それじゃあ何で俺はグレンを呼び出すことができたわけ？」

「その石には召還の手順が簡略化されて封じ込められているんだ。持ち主の意志に反応するようになっている。ケイが強く願ったことでその力が解放されたんだろう。使ったことがなくても、ケイの中には強い力が眠っている」

「なるほど。でも、祖父さんは何でこれを使わなかったんだろう？　助けを呼べば、グレンがこうして来てくれたはずだろ？」

そうしたら、祖父も元の世界に帰れたのではないだろうか。蛍がふと口にした疑問に、グレンは表情を陰らせた。

「――恐らく戻り方がわからなかったからだろうな。この世界は俺たちの世界からは遠い位置にあるようだ。そもそもが不慮のできごとだったから、本来は道のないところに道ができたんだろう」

グレンの言葉に不安が込み上げてくる。

「ちょっと待った。まさか、グレンも戻り方がわからないとか云わないよな？　ちゃんと帰れるんだよね？」

不安を解消したくて、グレンに詰め寄った。『戻れる』と云う答えを待っていたけれど、期待は裏切られた。

「あー……、実はわからない」

「嘘――」

困ったように微笑むグレンの告白に愕然とする。つまり、蛍が助けを求めたことで、グレンが自分の世界に戻ることができなくなってしまったということだ。

（……俺は何てことを……）

取り返しのつかないことをしてしまったとわかり、血の気が引く。自分の行動を悔やんでも悔やみきれない。

「ごめん、俺が不用意に呼んじゃったりして……」

「謝ることはない。俺は約束を果たしただけのことだ。それにケイの身に何かあったら、カイが悲しむ」

「グレン……」

「こうしてケイには会えた。俺を呼んでくれて嬉しかった」

自分の世界に帰れないかもしれないのに、恨み言一つ云わず、逢えたことを喜んでくれているグレンの懐の深さに胸が苦しくなる。せめて、元の世界に帰る手伝いはしたい。

(絶対にグレンの帰る方法を見つけないと……)

決意は簡単にできるけれど、取っかかりすらわからない。正直なところ異世界が存在することすら、半信半疑なのだから。

「そうだ！　祖父さんの蔵書とか日記を調べれば何かわかるかもしれない」

生きていれば直接訊《き》けたけれど、祖父はもうこの世にはいない。彼が残してくれたものから、何かしらを紐解《ひもと》くしかないのだ。

「カイが残したものがあるのか？」

「ほら、あそこの離れ。あれが祖父さんの書斎なんだ」

居間の障子戸を開け、庭の向こうに見える離れを指し示す。グレンは縁側の廊下に出て、窓の外に目をやった。

「本もいっぱいあるし、よく書き物をしてたんだ。祖父さんだって、帰る方法を探してたはずだ。何かヒントがあるんじゃないかな」

「そうだな、カイが何か見つけていてくれているといいな。それぞれの世界にはどこかに裂け目のようなものがある。それが見つかれば、この世界から出るための道をこじ開けることも可能だと思うんだが……」

「本当に!?」

可能性が残っているとわかり、蛍は期待に顔を上げる。

「問題は二つある。裂け目の場所は一定ではないということと、魔力が満ちているときでなければ、こじ開けるのは難しいということだ。世界を超えてくるときにかなり消耗してしまった。生憎《あいにく》、いまは本来の姿を取ることも難しい」

「つまり、いまの姿は本当の姿じゃないってこと？」

「ああ、いまよりずっと格好いいぞ。いつかケイにも見せてやれるといいな」

いまでも充分格好いいと思うのだが、何がどう変わるのだろうか。

(『竜人族』って云っていたけれど、まさか竜になるんじゃないだろうな……)

あんな魔法や宝石の涙を見たあとだと、自分の想像力は現実に及ばない気がする。

さっき力が出ないのは魔力不足のせいだと云っていたが、蛍が思っていた以上に深刻な問題なのではないだろうか。

「念のため訊いておきたいんだけど、その魔力がないとどうなるんだ……？」

「魔力の不足を補うために魂を消費している状態だ」

「魂!?　命に関《かか》わるってことじゃんか！」

とんでもない悪影響に、蛍は声を荒らげた。平然とした顔をしている場合ではないだろう。

「まあ、そうだな。だが、竜人の寿命は長いから少しくらいどうってことはない」

「いやいやいや、どうってことあるだろ！　てか、ごめん、俺のせいだよな……。なあ、その魔力の回復ってどうやるんだ？　しばらく休んだら戻る？」

「ある程度残っているときは眠ればいくらかは回復する。だが、無に近いものを増幅させるのは少々難しい」

「だったら、どうすればいいんだ？」

　前のめりになって、回復方法を訊く。

「この世界にも自然のものがあるだろう？　水や空気、大地、植物、そういったものから少しずつ力を分けてもらえばいい。ああいう大きな木がたくさんあると助かるな。全快するには時間はかかるが、のんびり過ごすさ」

　グレンが示したのは庭の大きな桜の木だ。あれは蛍が生まれたときの記念に植えたのだと聞いている。

「そうなんだ、よかった……」

　解決方法があるとわかり、ほっとする。

「それじゃ、明日は公園に行こうぜ。待てよ、公園より神社のほうがいいかな。ところで、時間がかかるってどのくらい？」

「そうだな。千回ほど日が昇って沈んだくらいだろうか」

「そんなに!?」

　一週間もあれば充分だろうと思っていたのだが、予想以上の長さに呆然となる。

千日ということは約三年はかかるということだ。回復方法があるのはよかったが、気の長い話だ。寿命が長いから時間の流れについての感覚が違うのかもしれない。

「もっと手っ取り早い方法はないのか？」

「……そうだな。ケイから魔力を分けてもらえばある程度回復できるはずだが……」

蛍の問いに答えるグレンの言葉は歯切れが悪い。

「だったら、いくらでも取ってけよ。魔力なんて俺には必要ないんだからさ……って、別に平気だよな？」

「全てなくならなければ問題ない。こちらの人間は魔力に頼った生活をしているわけではないようだからな。半分消費してしまっても、日常生活に支障はないだろう」

「なら、半分持ってってよ。俺は普段使わないわけだし、そのうち回復するんだろ？」

「いや、しかし……本当にいいのか？」

蛍の申し出に、グレンは気遣わしげな表情になる。一体、何をそんなに心配しているのだろうか。

「もちろんだよ。俺にできることなら何でもする。助けてもらったお礼もしなくちゃいけないし。それで、どうすればいい？」

「手を触れ合わせるだけでも流れ込んではくるが、一番いいのは粘膜同士を触れ合わせることだ」

「粘膜？」

体の外を向いている粘膜は、目や鼻や口くらいだろう。しかし、どうやって触れ合わせればいいのだろうか。

「まあ、口と口が一番簡単だな」

「なるほど、口と口——えっ!?」

普通に納得しかけて、ふと気づく。口と口。つまりキスだ。キスどころか異性と手を繋いだこともない初心《うぶ》な蛍は気まずさに黙り込んだ。

「俺たちの世界では親しい者としかしない行為だが——」

「あー、うん、そうだな、こっちでもそうかな……」

しどろもどろに答える。親しくない相手とする者もいるけれど、少数派のはずだ。

「無理はしなくていい。時間をかけて休んでいれば直に回復する」

蛍に抵抗感があるのを察したグレンはそう云ってくれたけれど、人助けを恥ずかしいなどと我《わ》が侭《まま》は云っていられない。

何より、グレンは命の恩人だ。

「大丈夫、本当に大丈夫だから。回復は早ければ早いほうがいいだろ?」

人助けなのだから、キスではなくて人工呼吸のようなものだ。自分にそう云い聞かせ、覚悟を決めてぎゅっと目を瞑る。

「嫌だと思ったり、体調に支障が出たりしたら、すぐに俺に云うんだぞ」

グレンは念を押してから、蛍の顎《あご》に指を添えて上向かせる。

「わ、わかった——あ、ちょっと待って!」

唇が重なりそうになった瞬間、まずいことに気がついた。

「何だ?」

「すぐ戻るからちょっと待ってて。すぐだから!」

急いで洗面所へ行き、慌ただしく歯を磨く。グレンがファーストキスではないのはわかっている。人工呼吸なのだとしても、時間の猶予があるなら万全を期しておきたい。

念入りにうがいをし、口から飛び出そうな心臓を胸の上から押さえつつ居間へと戻る。

「お、お待たせ」

「やっぱり、やめておくか？」

「もう大丈夫だから」

グレンの前に正座して、ぎゅっと目を瞑る。膝の上で拳《こぶし》を握りしめ、ゴクリと唾を飲み込んだ瞬間、唇が重ね合わされた。

「……っ」

想像以上に柔らかく、温かな感触にびくりとしてしまう。何故《なぜ》か、グレンも同じように驚いた反応を示し、せっかく覚悟を決めたというのにすぐに唇は離れてしまった。

「な、何？」

目を開けると、グレンは心底驚いた様子で蛍のことを凝視していた。信じられないものを見たと云わんばかりの表情だ。

そんな驚かれるような何かがあったのだろうか。歯を磨いてきたから口は臭くないはずだし、唇がひび割れたりもしていない。

「……いや、何でもない」

「？」

理由はわからないが、グレンは明らかに動揺していた。

（俺の魔力が合わなかったとか？）

血液型のように、同じタイプでなければ拒絶反応が出たりということもあるのかもしれない。

「ケイは不快ではないか？」

「俺は平気だけど……」

不快感はない。むしろ、柔らかな感触が気持ちよかったくらいだ。

「すまない、もう一度いいか？」

「い、いいけど――ちょ、ちょっと待って」

眼鏡を外して、食卓に置く。改めてのキスは余計に気恥ずかしいが、これも人助けだ。緊張で乾いた唇を舐《な》めて潤そうとして、さっきの口づけの感触を思い出してしまう。

「……どうぞ」

再び目を瞑り、唇を引き結ぶ。二度目のほうが余計に身構えてしまう。

（何かヘンな感じ――え？）

くすぐったいような何とも云えない感覚を耐えていたら、グレンは蛍の頭の後ろに手をやり舌先で唇を割ってきた。

「!?」

唇をくっつけるだけだと思っていたのに、口の中にグレンの舌が入ってきた。その舌は蛍の口腔《こうこう》を探り、当たり前のように舌同士を絡めてくる。

（これってディープキスってやつでは……!?）

確かにこのほうが粘膜の触れ合う面積が大きいけれど、ここまでの心の準備はしていなかった。上顎や歯茎の裏を舐められ、ぞくぞくと背筋が震え、変な声が出てしまう。

「ん、ぅ、んん……っ」

反応していると思われたくないのに、どうしても喉が鳴ってしまう。戸惑っているうちに、下腹部が熱くなってきた。

(嘘だろ!?)

これは人工呼吸のようなものであって、他意はない。雑念を振り払おうとするけれど、血液がどんどん体の中心に集まっていってしまう。

体が信じられないくらいに熱い。風邪のときの発熱とは違う体温の高まりに困惑しつつも、欲求は抑えられなかった。

「ンン、ぁ、ん」

気持ちいい。もっと、もっとして欲しい。キスすらしたことがなかったはずなのに、より濃厚な交わりを求めて自分からも舌を絡めてしまう。

グレンの舌は蛍より熱く、溶かされてしまいそうだ。舌先が吸い上げられ、甘噛《が》みされるとさらに下腹部が熱くなる。

頭の中が蕩《とろ》け、もう何も考えられなくなった頃、唇は解かれた。

「はっ……」

流れ込んできた空気を求めて、荒く呼吸を繰り返す。

蛍はセックスどころか、キスも未経験だった。しかし、キスだけでこんなにも体が熱くなるものなのだろうか。

熱いだけではない。下着の中のものがあり得ないくらいに張り詰めている。

「体が熱くはないか？」

「すごく熱いけど……」

「――俺のせいかもしれない」

「え……？」

苦い顔で謝罪するグレンの顔をぼんやりと見上げる。

「失念していたんだが、我々の体液を人間が摂取すると酩酊《めいてい》状態になることがあるらしい。中には欲情する者もいるという話を聞いたことがあったんだが、本当だったようだな」

「……欲情……？」

呆然としていたけれど、数秒遅れてその言葉の意味を理解する。音がしそうなほど勢いよく顔が熱くなった。

一人の成人男子として、人並みの性欲はある。けれど、体がこんなふうに熱くなるのは初めてだ。張り詰めている股間をグレンに見られていると気がつき、慌てて足を閉じる。しばらく放っておけば治まるけれど、いますぐというのは無理だ。

手っ取り早く処理してしまったほうがよさそうだ。

「ご、ごめん！　トイレに行ってくる――うわっ」

生理現象で膨らんだ股間を隠しながら立ち上がったら、バランスを崩してよろめいてしまった。

「危ない！」

危うく畳に倒れ込む前にグレンに抱き留められる。

「あ、ありがとう……」

「気をつけろ。怪我をしたらどうする」

グレンの体温を感じていると、ますます体が疼《うず》いてきてしまう。いつまでもくっついているのは危険だ。抱きしめられている腕から逃れようともぞもぞと身じろぐけれど、上手く体勢を立て直せない。

「あれ？　何で立てないんだろ、おかしいな？」

足に力が入らず、グレンの腕の中でジタバタすることになってしまった。みっともなく足掻く自分が恥ずかしい。

「無理はするな。俺に任せておけ」

「へ？」

任せるというのはどういう意味だろうか。混乱しているせいで、頭が上手く働かない。

こうしている間も、呼吸はさらに荒くなっていく。まるで熱に浮かされているみたいに、頭の中もぼんやりとしてきた。

「俺のせいでそうなったんだ。ろくに立てないんだ、大人しくしてろ」

「大人しくって……え!?」

自己処理をするつもりだった蛍の代わりに、グレンがそれを担ってくれようとしているとわかり動揺する。

「気持ちだけ受け取っておく！　大丈夫！　自分でできるから」

「気にするな、すぐすむ」

グレンはひょいと蛍を抱え、後ろ向きに自分の膝の上に座らせた。人の上に座って抱えられるなんて、幼児の頃以来のことだ。

「いやいやいや！　普通気にするだろ!!　マジで大丈夫だから!!」

大丈夫と云いながらも、呂律《ろれつ》も上手く回っていない。

「まったく大丈夫ではないようだが」

「ひゃっ!?」

服の上から張り詰めた股間に触れられ、ずくりと腹の奥が疼いて体から力が抜けてしまった。寺内に触れられたときはあんなに気持ちが悪かったのに、グレンの指に撫でられると反応してしまう。

「ぐ、グレン、ちょっと待って、ちょ、あっ」

痛いくらいに張り詰め、下着の中がさらに窮屈になってくる。グレンの腕を剝がそうとするけれど、力が入らない。

意図的な触れ方に反応してしまい、息が上がってくる。こんなのまずいとわかっているのに、快感に溺《おぼ》れてしまう。

「これ以上はまずいって、なあグレン、や、あ、あ、うわ……っ」

スラックスと下着を無造作に下ろされ、勃《た》ち上がった自身が剝《む》き出しになった。咄嗟《とっさ》に足を閉じるが、隠しきれずワイシャツを引き下げる。

無防備な部分を他人に見られるだけでも恥ずかしいのに、欲情し反応しているところはさらに恥ずかしく、羞恥《しゅうち》に全身が熱くなる。

「これじゃ辛いだろう？　すぐ楽にしてやる。皆、同じようになるんだ。恥ずかしがることはない」

「みんな同じでも恥ずかしいものは恥ずかしいから！　ぅあ!?」

やんわりと左右に足を開かされ、大きな手に自身を包み込まれてしまう。他人の手の感触を直《じか》に感じ、カッと全身が熱くなる。

そのまま優しく扱《しご》かれ、自分のものとは思えない声が上がった。

「やめ、や、あ、あ……っ」

「すまん、力加減がわからないな。痛かったら云ってくれ」

自分の指しか知らなかった蛍にとって、刺激の強すぎる行為だった。

そんなところを触られていることも、反応している様を見られていることも恥ずかしくて堪らないのに、そんな羞恥心すら神経を過敏にする。

「やばい、も、だめ、あっあ、ア、あ——」

最後は声にならない声と共に終わりを迎えてしまう。太腿《ふともも》や畳の上だけでなく、グレンの指も白濁で汚してしまった。

「ご、ごめん、いま拭くから……っ」

ティッシュを取るためにグレンの膝から降りようとしたけれど、腰が抜けていて動けない。しかも達したはずなのに、まだ蛍のそれは治まっていなかった。

「嘘、何で……？」

さっきよりも体が熱くなっている。普段、自分でするときは一度出せば大体気がすむけれど、いまはもっとしたくて堪らなかった。そう意識した途端、さらに体が疼いてくる。

「その様子だと、まだ効果が抜けてないみたいだな」

「うそ……あとどれくらいで治まる……？」

グレンの体液の効果が本当にあるとしても、ある程度時間が経てば治まってくるのではないだろうか。そう期待しての質問だったが、グレンからは残念な答えが返ってきた。

「すまない、正直なところ俺にもわからない。人間相手の効果については噂で聞いた程度のことしか知らないんだ。ただ命に関わることはないと聞いている」

「そう…なんだ……」

落胆し肩を落とす。体のあちこちが物欲しげに疼いているなんて、こんな感覚は初めてだ。こんな状態がこのままずっと続くとしたら、まともに生活していけない。

「術で強制的に眠らせることはできる。さすがに一晩も経てば落ち着くはずだ。ケイはどうして欲しい？」

「もっと、したい」

グレンからの問いかけに無意識にそんな言葉が口をついて出た。

口が滑ってしまったけれど、滑ったということはそれが本心だということだ。そのことに気づき、羞恥でさらに顔が熱くなる。

(俺は何を云ってるんだ!?)

微《かす》かに残った理性が狼狽《うろた》えているけれど、蛍の体は快感を求めていた。

「あ、いや、いまのは——」

グレンに抱えられたままの蛍は云い訳をしようと、体を捩《よじ》る。視線が絡んだ瞬間、今度はさらに乱暴に口づけられた。

「んむ……っ」

あまりの荒々しさに困惑するけれど、濃厚なキスに酔わされていく。蛍は本能に任せ、渇きを癒《い》やすために水を求めるかのように自分からも舌を絡めていった。

服の上から乱暴に体を弄る大きな手の感触が心地いい。やがて、ワイシャツの下に潜り込んできた手が胸の尖りを探り当てた。

「……っ」

全身の神経が過敏になっていて、どこを触られても過剰に反応してしまう。

捏ねるように弄られ、最初は擽ったいようなむず痒《がゆ》さを感じていたけれど、だんだんと違う感覚が生まれてきた。

「んんっ、ン、やっ…そこ、くすぐったい、あ、や、あ……っ」

頭を振って唇を解き、苦情を訴える。

「ここが感じるのか？」

「あッ、やだ、強く、しないで……っ」

そんなところが感じてしまう自分が居たたまれない。ワイシャツを捲《めく》り上げられ、薄い胸が剥き出しになる。

男なのだから上半身を見られるくらいどうってことないはずなのだが、いまはとてつもなく恥ずかしい。

「……あ……っ」

グレンはそれまで指で弄《もてあそ》んでいたところに唇を寄せ、尖ったそれを口に含む。濡れた温かい感触に、びくっと大きく体が跳ねた。

舌の上で転がされ、硬くなると歯を立てられた。求めていた以上の刺激が与えられ、感じるたびに自分のものではないような声が上がる。

しばらく放っておかれていた昂《たかぶ》りの張りが限界に近づき、自ら手を伸ばしてしまう。指を絡めて擦ろうとすると、グレンの大きな手が重なった。

「あ……！　あ、あ……っ」

手ごと握り込まれ、大きく扱かれる。予想できない動きをする自分の指の感触に戸惑うしかない。上下する指の動きに合わせて上擦った声が押し出される。

先端からは体液が溢れ、扱く指の動きが滑らかになる。蛍は頭の中が真っ白になるほどの快感に溺れていった。

「あ、んっ……や、もう……っ」

「出したいのか？」

グレンの問いにコクコクと頷く。

高まりすぎた感覚で苦しい。いますぐ解放されたい。そんな欲求を堪えることができず、自身を握る手に力を込めるけれど、自分では上手くいかなかった。

グレンに濡《ぬ》れた窪《くぼ》みを指先で抉《くじ》られた瞬間、塞《せ》き止《と》められていた欲望が爆《は》ぜる。

「あ――――」

二度目の終わりを迎えて脱力する。あられもない姿で四肢を投げ出したままだけれど、取り繕う気力などなかった。

熱に浮かされたままぜいぜいと荒い呼吸を落ち着けるために胸を上下させていたら、畳に俯《うつぶ》せに寝かされた。

「なに……？」

「この体勢が楽だろう」

腰を持ち上げられて膝を立てさせられた。いまとてつもなく恥ずかしい格好を取らされているのではないかと気づいた瞬間――。

「ひぁ……っ!?」

とんでもない場所に濡れた感触がした。想定外の場所を舐められ、蛍はパニックに陥った。

「や、やだ、そんなとこ……っ」

乳首を舐められるのも相当恥ずかしかったけれど、その比ではなかった。グレンを止めたくても、いまの体勢では難しい。

「いきなりだと痛みがあるかもしれない。準備のためだから、少し我慢してくれ」

「痛み……？　やっ、あ、あ、あ……っ」

啜り泣くように喘《あえ》ぎながら、畳に爪を立てて羞恥を堪え忍ぶ。何の準備なのかまでは考える余裕などなかった。

やがて濡れた感触が離れていったことにほっとしていたら、今度はそこに熱くて硬いものが押し当てられた。

「え……？」

「怖かったら目を閉じていろ、ケイ」

「――!?」

警告されたけれど、目を閉じる暇などなかった。体内に硬いものを押し込まれた衝撃に、声にならない悲鳴が上がる。一瞬、頭が真っ白になった。

本来は異物を受け入れるべきではない場所を押し開かれる圧迫感に息を詰めた。

体を何かに貫かれているということはわかる。体の内側で感じるそれは熱く、規則的に脈打っていた。

「……っ」

「力を抜け」

「そ…なの、できな……っ」

「どうにかしろと云っただろう?」

「でも――あ、あ、ああ……っ」

前に伸びてきた手に昂りをあやされながら、徐々に繋がりを深くされる。これ以上は無理だと思っていたのに、信じられないくらい奥まで入ってきた。

抱かれる、ということがどういうことなのか深く考えていなかったけれど、身を以《もっ》て実感していた。

いま蛍の中で強く脈打っているのは、グレンの屹立《きつりつ》だ。体を繋がれたという事実に呆然としていたけれど、緩く突き上げられて我に返った。

「……っあ！　ちょ、ちょっと待って」

「無理云うな」

「ぁン、あっ、あっ」

制止したけれど、聞き入れてはもらえなかった。そのまま奥を強く突かれ、上擦った声を上げてしまう。

繋がり合った腰を繰り返し激しく揺さぶられる。律動のたびに快感が駆け抜けていった。体の内側を硬いもので擦られることが気持ちいいなんて信じられなかった。

「ひぁ…っ、あっあ、あっ」

穿《うが》たれるたびに尾てい骨から全身に電流のようなものが伝わり、指先まで甘く痺《しび》れる。

終わりを迎えたわけではないのに、突かれるだけで屹立の先端から半透明のものが溢れてしまう。

畳で擦れる乳首が腫《は》れぼったくなって痛痒い。蛍の上擦った嬌声《きょうせい》とグレンの荒い息、そして、肌のぶつかり合う音だけが室内に響いていた。

「や、あ、あ、ぁああ……ッ」

何度目かわからない突き上げの瞬間、蛍は欲望を爆ぜさせた。目の前がチカチカと光り、白濁が畳に散る。

グレンは絶頂してひくひくと下腹部を痙攣《けいれん》させている蛍の腰を摑み直し、速度を上げて深く穿つ。

やがて息を詰め、蛍の中から自身を勢いよく引き抜いた。

「あ……っ!?」

生温かいものがかかったのがわかる。グレンも終わりを迎えたのだろう。

蛍の意識はそのまま遠離《とおざか》っていった。

2

『……じいちゃん、何見てるの？』

昼間のできごとが忘れられずなかなか寝つけずに布団を抜け出したら、縁側で祖父が空を眺めていた。

祖父は蛍の声に振り向くことなく、夜空を指さした。

『お月様だよ、蛍。今夜はとくに大きいだろう？』

『ほんとうだ』

見上げた月はまん丸で、当たりの飴玉《あめだま》みたいだった。

『初めてお月様を見たとき、すごく驚いたんだ。祖父ちゃんの世界にはなかったからな』

『えっ、お月様なかったの？　それだとお空さみしいね……』

『そうかもな。その代わり、星がいっぱいあったんだ。まあ、こっちの世界でも昔はもっとたくさんあったんだが……。いまは地上が明るくなりすぎたからなあ』

祖父は時折ここではない世界の話をする。そこで祖父は魔法使いだったそうだ。だけど、それは蛍と祖父の間だけの秘密だ。

『――ねえ、じいちゃん。僕の名前、ホタルって意味なんでしょ？　何で虫の名前なの？』

母にはどうしても聞けなかった疑問を口にすると、祖父は驚いた顔で蛍の顔を見つめた。

『誰かに何か云われたのか？』

『……うん。ようちえんの友達にヘンだって云われた』

同じ組の友達が、いきなりそんなことを云ってきた。ヘンじゃないと反論はしたけれど、他の子にもおかしいと云われて不安になってしまったのだ。

『祖父ちゃんはすごくいい名前だと思うんだがなあ。蛍の名前は祖父ちゃんがつけたんだぞ』

『じいちゃんがつけたの？』

『初めてホタルを見たとき、あんまり綺麗で感動したんだ。まるで地上に星空が降りてきたみたいだって思ったんだ』

『星空？』

『この世界にひとりぼっちで寂しくてしょうがなかったとき、ホタルが寂しさを忘れさせてくれたんだ。そういうふうに誰かに寄り添える人間になって欲しいと思って、〝蛍〟って名前にしたんだよ』

『よりそえる……？』

云われた言葉の意味がよくわからず、自分で繰り返してみる。だけど、その響きは何となく好きな感じだった。

『まだ蛍には難しいかな。そうだ、いつか一緒にホタルを見に行こう。この辺じゃホタルは見られなくなったが、遠くへ行けば見られるはずだ』

『行きたい！　約束だよ、じいちゃん』

そう云って、祖父に小指を差し出した。

『ああ、約束だ』

指切りをして安心した蛍は、急に眠くなってきた。

『蛍──』

祖父が何か云っているけれど、はっきりとは聞こえない。

(じいちゃん、なんて云ってるの……?)

頭を撫でてくれる手の感触が優しくて、眠さに抗《あらが》えない。明日になったら訊いてみよう。そう思いながら、蛍は目を閉じた。


ふっと覚醒《かくせい》し、いまの会話が夢だったとわかる。祖父はとうに亡くなっているし、自分ももう幼稚園児ではない。

(……祖父さんの夢、久々に見たな)

あれは幼稚園に通っている頃の記憶だ。名前の意味を聞きかじった友達にそのことでからかわれ落ち込んでいた日の夜、祖父から名前の由来を教えてもらった。

約束の指切りをしたあと、祖父は何と云っていたのだろうか。子供のときのことだし、睡魔に誘われていたせいで記憶がはっきりしない。

一緒にホタルを見に行くという約束は果たしたけれど、母が亡くなったあとだった。あれが祖父母との最後の旅行だ。こうして思い出すと、瞳の奥がいまでも熱くなる。

大事な人を亡くした悲しみは時間が癒やしてくれるというけれど、未《いま》だに蛍の胸の痛みは消えていない。

ああすればよかった、こうすればよかった——そんな後悔の念が消える日は本当に来るのだろうか。

ベッドの中で寝返りを打ち、時間を確認しようと枕元《まくらもと》に手を伸ばした蛍は、そこにスマホがないことに気がついた。

「……俺、いつ寝たっけ？」

いつもならアラーム代わりのスマホを枕元に置いているのだが、昨夜はどうしただろうか。寝起きでぼやけた頭で昨夜のことを思い出そうとする。

記憶を巻き戻して帰宅してからの行動を追おうとした瞬間、唐突に記憶が脳裏に広がった。

「……ッ」

会社でのトラブル、思わぬ助け、そして、自らの痴態——甦《よみがえ》ってきた恥ずかしい記憶にぶわっと顔が熱くなる。

残業をしていたら先輩の寺内に倉庫に誘い出され、乱暴されそうになったところを異世界から現れたというグレンに助けられたのだ。

いきなり異世界の人間だと云われても信じがたいけれど、実際に不思議な現象を目にしている。密室だったはずの倉庫に突然現れたり、涙が宝石になったり——。

問題は彼を自宅に連れ帰ったあとのことで、元の世界に帰るために足りない魔力を分けるためにキスすることになった。

（いや、あれはキスじゃなくて人工呼吸のようなものだし）

自分にそう云い聞かせるけれど、その理屈が通ったところでキス以上のことは云い訳のしようもない。

欲情したのはグレンの体液の副作用なのだとしても、あんなことやそんなことまでしてしまったことは紛れもない事実だ。

初めてのセックスは刺激が強すぎて、最後のほうはわけがわからなくなっていて覚えていない。ベッドに入った記憶さえもないのだ。

いっそ、何もかも忘れていられたらよかったのだが、生々しい感覚はまだ体のあちこちに残っている。

「〜〜〜っ」

昨夜のことを考えていたら、行為の詳細を思い出してしまい、またよからぬ衝動を覚えそうになる。

蛍は必死に脳内の記憶を散らし、煩悩を振り払った。

二度寝したら、全《すべ》てが夢だったということにはならないだろうか。

「……ならないよな」

淡い希望を自分で否定する。浅慮な現実逃避をしたところで、何の解決にもならない。

(ていうか、俺ってゲイだったのか……？)

そもそも、蛍もグレンも男だし、寺内だってそうだ。

同性とそういうことができてしまったことも、同性から性的な対象に見られていたということも驚きの事実だった。

同性愛に偏見を持っていたつもりはないけれど、無意識に恋愛対象が女性だと思い込んでいた気はする。それと同時に、これまで特定の誰かに恋をしたこともなかった。

逆に考えると、これまで誰かを好きになることがなかったのは女性を恋愛対象に考えていたせいだったという可能性もある。

何だか、目から鱗《うろこ》が落ちたような気分だった。

(まあ、今回の件は恋愛は関係ないけど……)

誰かに恋をするということは頭で考えてすることではないとは思うが、少なくとも寺内には感じた嫌悪感がグレンに対してはなかった。

生理的な違和感があったらああはならなかったはずだ。性癖がどうあれ、あんなふうに求めてしまうなんてどうかしていたとしか思えない。

成人男子として人並みの性欲はあるつもりではいたけれど、あれほどまでにセックスへの渇望を感じたことはなかった。

溜まったら自己処理をすればいいだけだと思ってきた。

だけど、実際のセックスは想像以上に気持ちがよかった。イカせてもらうたびに、もっともっとと欲しくなる。

(でも、そういえば……)

グレンの体液には興奮作用があると云っていた気がする。その効果が蛍にはとくに強く作用したという可能性は否定できない。

きっと、そうだったのだろう。

理性の箍《たが》が外れた状況のことをいつまでも考えていても仕方がない。起こってしまったことはもう変えようがないのだから、一先《ひとま》ず横に置いておくことにしよう。

「……起きるか」

グレンと顔を合わせるのは気まずいけれど、いつまでも先延ばしにしていても仕方がない。着替えようとベッドから抜け出して、自分が全裸だったことに気がついた。

慌ててクローゼットから取り出した服を身に着ける。洗面所で顔を洗って、歯を磨く。鏡に映る自分の顔はまだどこかぼんやりとしていた。

ところで、当のグレンはどこにいるのだろうか。さっきから何の音もしない。

蛍が眠っている間に元の世界に戻ってしまった可能性もある。寂しくはあるけれど、そのほうが気が楽だ。

そのとき、居間のほうから物音が聞こえた。グレンは居間で寝ているのかもしれない。

（――よし。明るく、さらっと『おはよう』だな）

何ごともなかったかのように大人の態度で臨もうと、心の中で挨拶《あいさつ》の練習をしながら、深呼吸をしてから居間の襖《ふすま》を開けた。

「……っ」

その瞬間、吹き込んできた風と日の光の明るさに目を細める。

風の吹いてきたほうに目をやると、グレンが窓を開けて縁側に座っていた。寂しそうなその背中を思わず見つめてしまう。

「………………」

遠い昔に月を見上げていた祖父の背中と被って見え、何故か胸が締めつけられる。グレンも故郷に思いを馳《は》せているのかもしれない。

（……あれは……）

　グレンが手にしているのは、祖父の写真立てだ。きっとまだ、亡くなったことを受け入れられない気持ちでいるのだろう。

　ずっと探していた相手がもう亡くなっていたと知ったときの喪失感はどんなに大きいだろう。期待が大きければ大きいほど、打ちのめされそうだ。

　声をかけそびれて気まずく立ち尽くしていると、グレンのほうから蛍に気づいて振り向いた。

「起きたか、ケイ」

「あ、うん、おはよう……」

　さっきまでの心の準備は無駄に終わった。微笑みかけられ、気まずさにぼそぼそとした声になってしまった。

（意識しすぎだろ……！）

　イケメンの笑顔というのは、破壊力が高いものらしい。ただ言葉を交わすだけでも、必要以上にドギマギしてしまう。

　改めて日の光の下で目にしたグレンは眩しいくらいの美形だった。

　夜はただの銀髪に見えていた髪は太陽に照らされて、プラチナブロンドのようにも見える。肌は健康的な小麦色で、まるで鞣《なめ》した皮のようだ。

「狭いがいい庭だな」

「あ、ああ、この庭は祖父さんが作ったんだ。俺は草むしりと水やりくらいしかしてない」

　耐震補強を兼ねたリフォームをしたときに、祖父が自分で整地し、植木や石を買ってきていまのような庭になった。

戦後、色んなことをして食べてきたらしく、何でもできる人だった。庭造りや大工仕事だけでなく、料理の腕もピカイチだった。

「どことなく故郷を思い出すのはそのせいか」

「そうなんだ」

やはり、庭を見ながら故郷に思いを馳せていたようだ。蛍も祖父のことが懐かしくなり、グレンの隣に腰を下ろす。

確かにこの庭は日本庭園とは趣が違うし、かといって英国式でもない。普通は庭木に使わないような木や植物ばかりを植えていて、来客には変わった雰囲気だとよく云われていた。

「…………」

「…………」

普通に話せてほっとしたけれど、会話が途切れると再び気まずさが襲ってくる。昨夜のことはなかったふりで過ごすべきだろうか。

昨日、自分で外した眼鏡を見つけてかける。居たたまれなさに所在のない気持ちになっている蛍に、グレンが直球で訊いてきた。

「体はどうだ？」

「か、体⁉」

不意打ちすぎて、声がひっくり返ってしまった。避けていた話題をこんなにもストレートに振ってくるとは予想外だった。

「あれだけ魔力を分けてもらったんだ。体の負担も大きいはずだ」

「あ、ああ、そういうこと……。別に大丈夫みたいだよ。少し怠《だる》い気はするけど、寝込むほどではないし」

喩《たと》えて云うなら、子供の頃にプールで遊んだあとの疲労に似ている。頭の天辺から指の先まで一定の倦怠感《けんたいかん》に包まれているようだ。

（というか、この疲労の原因は魔力云々《うんぬん》ではないのでは……）

むしろ、あらぬところの違和感が消えていないほうを意識してしまうのだが、そんなことを告げたら墓穴を掘るようなものだ。

「それならよかった。痛いところはないか？　初めてだったんだろう？」

「……ッ、そ、それも大丈夫！　俺は全然平気だから……っ」

さらなる追及に、動揺をごまかしきれない。大丈夫と云えるかはわからないが、大丈夫ではないなんて云えるわけもない。

「本当にすまなかったな。本来は俺が自制を利かせるべきだったんだが……」

「まあ、俺のせいでもあるし……」

思わず内股《うちまた》になりながら、もごもごと返す。体の熱さをどうにかしてくれと求めたのは蛍のほうだ。

グレンはそれに応《こた》えてくれたにすぎない。

「そ、それで、魔力は回復した？」

大事なことを訊くのを忘れていた。果たして、蛍が体を張った成果はあったのだろうか。

「全快とはいかないが、だいぶ戻ってきた。お陰で日常生活は支障なく過ごせそうだ」

「それならよかった。でも、満タンにならないと帰れないんだろ？」

グレンの役に立てたのなら幸いだ。

「そうだな。だが、これ以上ケイから分けてもらうつもりはない。この家には木々もあるし、空気も澄んでいる。時間さえあればやがて元の姿を取り戻せるはずだ」

「そ、そっか」

ほっとすると同時に、どこか落胆している自分がいることに気がついた。

（何でがっかりしてるんだよ……！）

自分でも意味がわからない。

「なあ、そっちの世界では魔力を分け合ったりするのって普通なのか？」

「普通かと問われると難しいな。人間同士ではああやって魔力を遣《や》り取《と》りすることはできない。我々、竜人族の持つ特性の一つなんだ。俺たちは活動するために膨大な魔力を必要とする。だから、食べものに含まれる魔力を効率よく摂取できるように進化したんだ」

「へえ……」

粘膜から魔力を取り込めるのは、その特性故なのだろう。こちらの世界にも、たくさん魔力が含まれる食べ物があるといいのだが。

（あとでスーパーに連れて行ってみよう）

役に立ちそうな食材があれば、魔力の回復の手助けになるはずだ。

「だからと云って、誰彼構わずにああいうことはしない」

「そうなの!?」

「ああ。基本的には伴侶《はんりょ》との間で行うもので、契りの儀式で交わされる」

「伴侶——」

やはり恋人や夫婦の間でするのが一般的だということだ。だから、蛍に告げるとき気まずそうな顔をしたのだろう。

「もちろん、緊急時にはそんなことを云ってはいられないからな。大怪我や大病などで魔力を酷く消耗したときは、余裕のあるものが提供することになっている」

「なるほど、輸血みたいなものか」

命に関わるものを提供し合うのだと考えると、輸血が比較的近いかもしれない。

目に見えるか見えないかの違いはあるけれど、生きるためのエネルギーの元となるものを遣り取りすると思えば理解しやすい。

「ユケツとは何だ？」

「怪我をして大量に出血したときに、他の人の血を分けてもらうんだ」

輸血の場合、親しい相手からという決まりはないけれど、それ以外で血液を提供するときはまずは家族が候補に挙がることが多いだろう。

「ほう、こちらにもそういう助け合いがあるのだな」

「まあ、いまは普段は献血していざというときのために溜めておいてあるんだ。だから、事故に遭ったりして輸血が必要になったら、誰かが提供してくれた血をもらうことになってる」

「便利な制度があるのだな」

「……なあ、グレンにはそういう相手がいたりするのか？」

どうしても気になってしまい、訊ねずにはいられなかった。

「俺の伴侶が気になるのか？」

「いや、ほら、相手がいるのに俺があんなことしちゃったら気を悪くするんじゃないかなーって思ってさ」

つい云い訳をしてしまった。この話題のどこにも嫌な気持ちになる要素などないはずなのに、胃の辺りがもやもやする。

「候補がいたときはあった」

「いたってことは、いまはいないってこと？」

「ああ、そうだな」

「どうして？　そういう相手がいないと、いざというとき困るんじゃ……」

祖父と出会ったときも事故に遭い、身動きが取れないほど弱っていたと云っていた。万が一の事態は、こちらの世界の比ではないのではなかろうか。

「俺たちの一族は生涯に持つ伴侶はただ一人だ。その相手に出逢うと魂が響き合い、本能でわかると云われている」

「本能で……？」

「そうは云っても、大抵は成人したらすぐに気の合う相手と契りを交わし伴侶を決める。俺のようなやつは変わり者と云われているな」

「それじゃ、グレンはそのひとを探してるんだ？」

「まあ、そうだな」

運命の相手を探しているなんて、意外とロマンチストらしい。

「早くその相手に逢えるといいな」

「……ああ」

蛍の何気ない言葉に、何故かグレンは一瞬答えに詰まったようだった。こちらの顔をじっと見つめてから、短く頷いた。

(俺、何かまずいことでも云ったかな?)

自分の発言を顧みても、どこが引っ掛かったのかわからなかった。だが、ひとにはそれぞれ他言できない悩みもある。

余計な追及をすると、傷つけることになるかもしれない。蛍は無理やり話題を変えることにした。

「そ、そういえば、腹減ってないか?」

「実はかなり空《す》いてる」

「じゃ、朝飯作ってくる。大したものはないけど」

冷蔵庫の中に何があっただろうかと考えながら立ち上がる。卵とベーコンが残っていたはずだが、賞味期限は大丈夫だっただろうか。

台所に向かいかけて、ふと思いついた。

「そうだ、今日は祖父さんの墓参りに行かない?」

グレンが元の世界に帰るための手がかりを探すことも大事だが、親友なら墓参りしたいのではないかと思ったのだ。

「墓? こちらの世界でも、人間は墓に故人を納めるんだな。是非連れていってくれ」

「こっちでは……というか、日本では亡くなった人は火葬してお墓に納めるのが一般的だ。グレンのところではどうやって弔うんだ？」

「竜人は人間とは終わり方が違うんだ。俺たちの種族は石になる。やがて、それは砕けて砂になり、自然の一部に戻るんだ」

「へえ……」

国や宗教によって弔い方は違う。思想だけでなく、寿命の長さや命の終え方が違えば死生観も異なるだろう。

だとしても、大切な人と別れて寂しい気持ちは誰だって同じはずだ。

「それじゃ、まずは朝ご飯食べて、それからその格好をどうにかしないとな」

「この姿はおかしいか？」

グレンは不服そうに自分の姿を見下ろしている。

「すごく似合ってるけど、こっちの世界じゃ目立ってしょうがないからさ。それにしばらくいるなら着替えも必要だろ」

仕立てのいい一張羅なのは見てわかるけれど、コスプレ衣装風の格好で街中を歩かせるのは勇気がいる。

ただでさえ目を引くイケメンなのだから、ある程度はこちらの世界に馴染《なじ》ませておいたほうが平和だろう。

「あと、念のため魔法は使わないように。こっちの世界じゃ誰も使ってないから」

「そうなのか」

使っていないというより、使えないと云ったほうが正しいが。万が一、大勢の人の前で昨晩のような術を使ったら大騒ぎになってしまう。

いまは誰しもが写真や動画を撮ってインターネットにアップできる時代だ。どんなトラブルに巻き込まれるか知れない。用心に用心を重ねておくべきだろう。

「でも、大丈夫。普通にしてれば何の問題もないはずだから」

朝食のあと、駅前のファストファッションの店へと赴くために家を出た。グレンにはアクセサリー類を少しだけ外してもらい、大きめのストールを巻いてある。

背が高く体格がいいため、変わった格好でもオシャレに見えるのが狡《ずる》い。同性として、羨望《せんぼう》と理不尽な妬《ねた》ましさを感じてしまう。

「ずいぶん人が多いな。今日は祭りでもあるのか？」

「とくに何もないよ。仕事が休みの人が多いから、買い物しに来たりしてるんじゃないかな」

都心の混雑には慣れているけれど、うんざりしないわけではない。とくに休日の人の流れは読みづらく、歩くだけでも疲れてしまう。

「ここで服を買うのか？　ずいぶんたくさんの服が置いてあるんだな」

フロアにはグレンの身長以上の高さの棚が林立している。色とりどりの洋服が並ぶ店内をグレンは興味深げに眺め回していた。

「色んな大きさの服が置いてあって、体に合うやつを選ぶんだ。ここならグレンが着られるサイズの服もあると思うんだけど……」

メンズのXLあたりなら、どうにか体が入るのではないだろうか。

「なるほど、すでに仕立ててあるものを選ぶんだな」

「グレンのところは違うの？」

「それぞれの体に合わせて仕立ててもらう。子供のうちは兄弟が着ていたものを譲ってもらうことが多いな」

「俺も小さい頃は近所の人からもらったお下がりとか、母さんが作ってくれた服を着てたな」

お気に入りの服があって、汚れていても毎日それを着たがった。

「グレンが着られそうな服持ってくるから、ここで待ってて。どんなのがいい……って云われても困るよな。てきとうに選んでくる」

蛍はグレンを試着室の一つに押し込み、フロアに出た。Tシャツとズボンが二、三着あれば当面は困らないだろう。

あとは上に羽織るものがあればいい。モノトーンばかり選んでしまうのは、ファッションセンスに自信がないからだ。

いまだって、白いTシャツにパーカーを羽織り、何の変哲もないジーンズを穿《は》いている。これは大学生のときにセールで買ったものだ。

少しは冒険してみようと思って買い物に出ても、結局いつもと同じようなデザインのものばかり買ってしまう。

片っ端から一番大きなサイズを選び、試着室に抱えて戻る。押し込んだ試着室の高さよりも長身で、グレンの頭が飛び出しているのが見えてちょっと笑ってしまった。

「お待たせ。とりあえず、これ着てみて」

「わかった」

ズボンはストレッチする素材のものを選んでおいたが、長さよりも太腿が入るかどうかが心配だ。

「ちょっ……カーテンは締めて！」

いきなり脱ぎ始めたグレンを叱《しか》り、慌ててカーテンを引く。見せびらかしても恥ずかしくない肉体なのかもしれないが、見ている蛍のほうが余計なことを思い出してしまって恥ずかしい。

「すまん」

あとは下着も必要だろうか。あんなことをしてしまったのに、グレンがどんな下着を穿いているかは記憶にもなかった。

（てか、お金足りるかな……）

念のため、グレンが着替えている間に財布の中身を確認する。今日が給料日のあとでよかった。あとで追加の生活費を下ろしてきたほうがよさそうだ。

「着られた？」

「少々キツいが入ったぞ」

「……！」

カーテンを開けて出てきたグレンは海外のモデルのようだった。

ズボンは丈が足りないがストレッチ素材のため、なんとか入っているようだ。Tシャツもぴちぴちだが、敢《あ》えて体のラインを出して着る人もいるからありだろう。

胸囲も腕も太腿もぴちぴちだ。こうして見ると、肉体の逞《たくま》しさがよくわかる。体のラインが出まくっているせいで、妙にエロい。

長さが足りないズボンも、裾《すそ》の折り返しを解いたら少しは足しになるだろうか。

「どうだ？」

「う、うん、似合ってる」

つい見蕩れていたなどと云うわけにもいかず、それらしく頷く。自分のセンスに不安はあったが、スタイルのいいイケメンは何を着てもカッコいいのだということがよくわかった。

「ええと、これを上に羽織って」

大きめのジャケットを渡す。今シーズンは緩めのラインが流行のようで助かった。グレンが身に着けると、ジャストサイズで幾分裾も袖も短い。

「どうにも窮屈だな」

体にフィットするような服には慣れていないようだ。グレンが着ていた服は全体的にゆったりしていた。あれに比べたら、いまの服装は確かに息苦しいだろう。

「仕方ないだろ、体が大きいんだから。今度会社帰りに探してくるから、しばらくはそれで我慢して」

サイズの合う靴はなかったけれど、いま履いているブーツのようなもののままでも、服装が今風なら問題ないだろう。

海外なら体に合うサイズもたくさんあるだろうが、日本では二メートル近い身長に合うものを探すのは難しい。

品揃《ぞろ》えのよいデパートや専門店にでも行けばあれこれ選べるのかもしれないが、その場合蛍の懐が心許なくなってしまう。

「どこかの芸能人みたいだな……」

改めて全身を眺めた蛍は、感想を零《こぼ》した。

黒で揃えたせいもあり、プラチナブロンドの髪と耳や首に下がっているアクセサリーとも相俟《あいま》ってミュージシャン風になってしまった。

「すごくお似合いです～！」

「こちらのサマーニットはいかがですか？」

「!?」

気がついたら、ショップの店員が周りに集まってきていた。

（い、いつの間に……）

積極的に接客するタイプの店ではなかったはずだが、女性店員はほぼ集合している様子だった。

「黒もよくお似合いですが、差し色をしてみたほうがお顔が映えると思います～」

「そうか？」

「こちらのシャツはどうでしょう？　ゆったりした作りなのでお客様もお召し戴けるかと」

「わかった。着てみよう」

そう云って、グレンは店員の前でTシャツを脱ぎ、シャツを受け取った。

「ちょっ……」

着替えるときはカーテンを締めろと云おうとしたけれど、無防備に晒《さら》された鍛え上げられた肉体に女性陣は色めき立っていた。

セクハラになりかねないと冷や冷やしたけれど、サービスになっているのならまあいいかと口を噤《つぐ》むことにした。

「やはりキツいな」

シャツの生地はあまり伸縮性がないようで、胸のボタンが留《と》まっていない。胸元が深く開いているせいで、正直エロい。

フェロモンという単語は最近あまり耳にしないけれど、グレンのようなタイプを形容するためにあるのかもしれない。

グレンが着せ替え人形になっているのを脇から見ていたけれど、このままではキリがない。数日分の着回しができる分が揃ったのを確認して、会計してもらおうと声をかける。

「あの――」

「よろしければお客様もご試着いかがですか？」

「お客様は色が白いから色味のあるものもお似合いかと思います」

「え？」

「新作でお客様によく合いそうなアイテムがあるんですよ～！　いま持ってきますね！」

「いや、あ、ちょっと――」

自分は結構ですと云おうとしたけれど、それよりも早く店員たちが散っていってしまう。女性相手に強硬に断ることもできず、蛍も山のように試着させられる羽目になった。

「つ……疲れた……」

蛍は乗り込んだバスの一番後ろの座席に腰を下ろし、大きく息を吐いた。

手早く服を買い、墓地へ向かう予定だったけれど、思った以上に時間がかかってしまった。

自分では絶対に選ばないような色味やデザインの服を次から次に試着させられ、疲れ果ててしまった。仕事とはまた違う疲労感だ。

ぐったりとしている蛍とは対照的に、買ったばかりの服を身に着けたグレンは楽しかったようでやけにご機嫌だ。

「楽しかったな、蛍。服は着心地さえよければいいと思っていたが、色々と試してみるのも悪くない」

「グレンが楽しかったならよかったよ……」

店頭で配布していたクーポンを適用してくれた上に、ノベルティを山のようにつけてくれた。蛍が一人で買い物するときは受けたことのないサービスぶりだ。

服を買うのが苦手な蛍は、セールのときに自分に合いそうなサイズをてきとうに選んでさっと帰るのが常だ。あんなに長時間アパレルショップにいたのは初めてだった。

「蛍もその服似合ってるじゃないか。昨日来ていた灰色のものよりずっと似合っている」

「あー、俺スーツ似合わないからな」

いわゆるスーツ専門店で売っている吊《つる》しのものだと体格に微妙に合わない。かといって、体格に合わせたものを着ると、サラリーマンらしからぬ雰囲気になってしまうのだ。

それなら似合わないだけのもののほうが悪目立ちせずにすむ。そうやっていい加減に選んでいるから、ネクタイやワイシャツにも拘《こだわ》りはないし、そのせいで余計に似合わないのだろう。

「その服は瞳の色と合っていてすごくいい」

「あ、ありがと……」

いま蛍が着ているのはパープルグレーのTシャツに黒のジャケットだ。ジーンズは裾のところを折られ、足首を出している。

こんな格好をしたのは初めてだが、口々にお似合いですと云われるとお世辞でもその気になってしまうものだと初めて知った。

グレンのほうは大きく胸を開けたシャツに薄手の綿のコートを羽織っている。蛍が選んだ組み合わせよりも落ち着いていて大人っぽい。変に悪目立ちせず、グレンの長身が活《い》きるコーディネートだった。

いい買い物だったとは思うが、思った以上に金を使ってしまった。しばらくは節約のために弁当生活を送らねばならなさそうだ。

「それにしても、こちらの人間の女性たちは皆親切で物怖《ものお》じしないんだな」

「それは多分グレンがカッコいいからじゃないかな……。ていうか、そっちの世界でもモテてたんじゃないの？」

「人間の女性には怯えられてばかりだな。普通の人間は竜人とあまり出会うこともないから仕方がない」

「じゃあ、竜人族の女の人は？　男だけってわけじゃないんだろ？」

「同族の女は俺のように線の細い男は好みではないらしい」

「グレンでも細いの!?」

　蛍からしたら充分背は高いし、筋肉のつき方もすごい。魔力が足りずに本来の姿になれないと云っていたことを考えると、グレンもいまより逞しい可能性がある。

　それ以上となると、グレンの一族はどれだけマッチョだらけなのだろうか。

（もっと格闘家みたいにムキムキとか……？）

　文化が違えば美的感覚も違って当然だが、いまいち想像がつかない。ただ、グレン以上の大男ばかりとなると、人間の女性たちが怯えるのも無理はない気がしてきた。

「ケイからしたら岩山のようなやつばかりだな。体格で劣るからと云って、力では負けていない。デカいばかりでは機動力も落ちるしな」

「ちょっと怖い気もするけど、他の人たちも見てみたかったな。飛行機に乗ったら着くところだとよかったのに」

「ひこうきとは何だ？」

　元々の知識に当てはまらないものは理解できないのかもしれない。

「空を飛ぶ乗り物のことだけど、グレンのところには似たようなものはないんだ？」

「空なら道具などなくても飛べるからな」

　事もなげに云われたけれど、聞き流せない情報だった。

「ちょっと待って。飛べるってどういうこと？」

「翼を持つものたちも多いからな。俺も本当は立派な翼がある」

「嘘、じゃあ、もしかしてグレンも飛べるんだ⁉」

「もちろんだ。翼の大きさなら他のやつらにも負けん。俺の背中を触ってみろ。出っ張っている部分があるだろう？」

「本当だ」

背中に触れてみると、肩甲骨のつけ根辺りに、硬く出っ張った部分があった。

グレンの着ていた服を洗ったときに気づいたのだが、背中の布地の左右に謎のスリットがあった。あれは翼を出すためのものだったのかもしれない。

『竜人』と云ってはいたが、髪や目の色が変わっているだけで人間とそう大差のない生態だろうと思っていた。けれど、空を飛べると聞いて今更ながらに実感が湧いてきた気がする。

「空を飛べるってどんな感じ？」

「人間も飛行機とやらを使えば飛べるのだろう？」

「自分で飛ぶわけじゃないから、いま乗ってるバスとそんなに変わらないな。窓から見える景色が違うだけで」

「ほう、そういうものなのか」

ヘリコプターや小型機などなら飛んでいる感覚を味わうことができるのかもしれないが、蛍のような一般人にはなかなか乗る機会はない。

「ところで、この乗り物はどういう動力で走っているんだ？　こちらの世界では魔力は使っていないんだろう？」

「えーと、ガソリンと電気ってことは知ってるけど、仕組みとかまではわかんないからな」

こんなことなら、もっと勉強しておくべきだった。

「確か、物質が原子でできてて、原子の周りを電子が回ってるんだけど、そこからはみ出たやつが電気になるんだったかな？　そうだ、雷はわかるだろ。それを人工的に作り出して、物を動かしたり明るくしたりしてるんだ」

「ほう、画期的な動力だな。それはどこから供給されているんだ？」

「発電所っていうところで作って、そこから送られてくるようになってる。グレンのところは電気は使ってないってこと？」

雷という事象があるなら電子の働きもこちらの世界と似たようなもののはずだ。

「こちらでは魔道石が動力の主力だ。生成所で石化して、各所に送られる」

「魔道石ってことは魔力で動かしてるってことだよな」

まさに魔法の国だ。蛍からしたら不可思議に思えるけれど、グレンにとってはこちらの世界のほうが不可解だろう。

「翼を出せるようになったら、抱えて飛んでやろうか？」

「マジで!?　あー、でも、誰かに見つかったら大騒ぎになるな……」

もの凄《すご》く興味はあるが、動画に撮られて拡散されたりしたら珍獣扱いで政府に捕獲されるなんて映画のような事態になったりするかもしれない。

万が一が考えられることは控えておいたほうがいいだろう。人目につかないところと云っても、かなり遠方まで出向かなければ難しい。

「やっぱいいや。興味はあるけど、気持ちだけ受け取っておく」

「そうか？」

心なしかグレンはがっかりしているようだった。本来の姿になれないことを悔しがっているところを見ると、さぞ自慢の翼なのだろう。

「グレンたちの種族はともかく、人間は飛べないんだろ？　その人たちはどうしてるんだ？　どこの世界だって人の移動とか荷物の運搬とか必要だよな」

動力の話をしてきたということは、乗り物がないというわけではないだろう。

話を聞いている限り、文化の水準は同じくらい、分野によってはこちらよりも進んでいるものもありそうだ。

「街同士を繋ぐ列車や海を走る船が物資の流通を担っている。もちろん、形は違うが車もあるぞ。ただ、空は竜や鳥のもので、人にとっては不可侵な領域なんだ。人間たちと混ざり合って生活している種族もあるが、竜人や鳥人は一定の距離を取っている。だから、俺がカイと共に旅をしているとよく驚かれたものだ」

「へえ、やっぱりそっちも色々とあるんだな」

種族の違いによる隔たりのようなものがあるのだろう。それを越えて友人同士になったグレンと祖父の絆《きずな》の強さを改めて思い知る。

「グレンの住んでるところにも行けたらいいのに」

聞けば聞くほど、興味が湧いてくる。どんなところでグレンや祖父が生まれ育ったのか、この目で見てみたい。

「一緒に来るか？」

「その前にまずはグレンが帰れる方法を探さないと」

興味はすごくあるが、気安く行けるような場所ではない。

そんな話をしているうちに、目的のバス停に到着した。二人分の運賃を払って、墓地へと向かう。

途中で供えるための花とお茶を買い、先祖代々の墓に赴いた。

「ここは集団墓地なのか？　街中とは空気が違うな」

「緑も多いからな。桜の時期はそこら中がピンクに染まって綺麗なんだ」

「サクラ？」

「春に咲く花だよ。祖父さんも好きだったな」

どちらかというと花見酒が好きだった気もする。下戸寄りの蛍と違い、祖父はザルだった。いつか祖父に酒の飲み方を教わろうと思っていたが、その機会を得ることはできなかった。

「そこがウチの墓。大体、家ごとに一区画持ってるんだ」

先日来たときに供えた花を回収して新しいものと交換し、ペットボトルのお茶を供える。

「あいつはここに眠っているのか……」

「母さんも祖母ちゃんも一緒だから寂しくないと思う。曾祖父と曾祖母……祖母ちゃんの両親の代からのお墓なんだって」

曾祖父母には会ったことがないけれど、大らかで優しい人たちだったそうだ。

「ケイ、墓石に触れても問題ないか？」

「え？　あ、ああ、もちろんいいよ」

グレンは膝を折り、慎重に墓石に触れる。そして、慈しむようにそっと撫でた。何かを感じ取ろうとしているのか、手を当てたまま目を瞑る。

「やっと会えたな、カイ。ずいぶん探したぞ」

グレンはそんなふうに呟いた。いまにも泣き出しそうで、それでいてどこか晴れ晴れとした響きだった。

「……っ」

一瞬、胸の奥がざわりとした。喉に小骨が引っ掛かっているような違和感を覚え、蛍は首を傾げた。

(何だ、いまの?)

違和感の正体を探ろうとしたけれど、見当もつかなかった。

「あー…ええと、俺、水汲んでくるね」

グレンにとっては、待望の再会だ。その邪魔をしてはいけないと思い、この場を離れることにした。

胸元のペンダントに服の上から触れながら、足早に水道のある場所へと向かう。

それにしても、この妙な落ち着かなさは何なのだろう？　この墓地は都心にあるわりに自然が多く残っていて、大きな道路からも離れているため比較的空気も綺麗だ。

墓参りにくるとほっとした気分になるのに、今日はちっとも癒やされない。

いつもと違うのはグレンという同行者がいることだが、彼がいることで神経質になる意味が自分でもわからなかった。

(罪悪感のせいか……？)

一つ仮説に思い至る。祖父がこのペンダントを使わなかったのは、親友のグレンを自分と同じ目に遭わせたくなかったからだろう。

それなのに、考えなしに助けを求めてしまい、グレンを故郷から引き離してしまった。自分にグレンを呼び出せるような力があるとは露とも思っていなかったが、祖父もそうだったのかもしれない。そうでなければ、こんな大事なものを譲るわけがない。

「…………」

水道で手桶《ておけ》に水を汲み、掃除用具を借りてから、今度はゆっくりと戻る。

グレンと話をしているだけで、二人の絆がどれだけ深いものなのかは手に取るようにわかる。グレンにとっては祖父が『伴侶』のような存在だったのかもしれない。

（そうか――――）

蛍ははっとした。

グレンが伴侶を持っていないのは、祖父がいたからだったのではないだろうか。あのとき歯切れが悪かったのは、蛍には云いにくかったからだ。

沈んだ気持ちを呑み込みながら墓のところへと戻ると、グレンが微かに微笑んでいた。その愛《いと》おしげな表情に胸が締めつけられて息苦しい。

「……何か感じたりする？」

どうしても黙っていられず、野暮だとは思ったが声をかけた。すると、グレンは穏やかな眼差《まなざ》しを蛍に向けて云った。

「ああ、ほんの僅《わず》かだがカイの気配を感じることができる」

「それって魂がまだここに残ってるってこと？」

墓に納められているのは、火葬された遺骨だ。

特定の宗教を信じているわけではないけれど、当たり前のように成仏して欲しいと願ってしまうあたり、仏教が生活に根付いている証拠だろう。

「いや、そうじゃない。そうだな……例えば、ケイがいた場所にはいなくなったあとも匂《にお》いや体温が残ることもあるだろう？　そんなふうに痕跡《こんせき》のようなものを感じ取ることができるんだ」

「へえ……」

亡くなった人をそんなふうに感じられるのは羨《うらや》ましい。蛍にもそんな力があれば、祖父が亡くなったときに慰めになっただろう。

「カイの他に優しげな気配をもう一人感じるな……少しカイに似ている」

「そんなことまでわかるの？　似てるなら母さんかな」

「ケイの母君はどんな女性だった？」

「明るくて大らかな人だったよ。どんなときも泰然としてるというか。でも、祖父さんと似て頑固なところがあったかな」

こうと決めたことは絶対に譲らない、強い意志の持ち主だった。見た目は線の細い人だったけれど、包容力の大きな人だった。

「少し天然なところがあって、母さんがいるだけで家の中が明るくなったな。すごく元気な人だったんだけど、十年前くらいに原因不明の病気になって——」

「そんなに早く亡くなられたのか……」

「あちこち行って、色んなお医者さんに診てもらったんだけど、結局治し方がわからなかったんだ」

家の中の空気が変わったのは、母が入退院を繰り返すようになった頃だ。

父や祖父母は手を尽くして母の治療法を探していたけれど、どこの国にも同じような症例はなく、夏風邪を拗《こじ》らせたのをきっかけに他界した。

「残念だったな……」

「本当にな。グレンに会ってもらいたかったよ」

「そういえば、父君はどうしているんだ？　存命なのだろう？」

「いまは海外……違う国で働いてる。仕事が忙しいからあんまり帰ってこないけど」

母にベタ惚れだった父は、母が亡くなって見るからに憔悴《しょうすい》した。母にそっくりの蛍を見ていると辛いからと、息子とまともに会話をすることもなくなった。

蛍が高校生になると、自ら海外赴任を志願した。いまやたまに届く絵ハガキか、銀行の通帳に記載される振り込みだけが消息を知る手段だが、記帳にすら行っていない。

すでに他人行儀になった父と顔を合わせると寂しさが増すだけだ。母が亡くなるまでは優しくて頼りになる人だったけれど、いまは知らない誰かのようだ。

「ケイはあの家に一人で寂しくはないか？」

「何云ってんの。俺ももう大人だし、寂しくなんかないって」

蛍は強がりを口にする。本当は寂しい。もう一人で生きていける大人だけれど、母にも、祖父にも、祖母にも会いたくて堪らない。

一人で住むにはあの家は広すぎる。家を人に貸し、ワンルームのアパートに移ろうかと思ったこともある。だけど、家族の遺品や思い出と離れることはできなかった。

「カイの細君にも娘にも会って話をしてみたかった」

「きっと大歓迎だったろうな。グレンはイケメンだから、余計に大騒ぎしてそう」

二人とも顔のいいタレントに騒いだりする面食いなところがあったから、グレンに会ったら大喜びしていたに違いない。

祖母なら赤飯やちらし寿司を振る舞っていただろうし、母もはりきってケーキを焼き始めただろう。想像したら可笑《おか》しくて、一人で笑ってしまった。

「イケメンとは何だ？」

「男前でカッコいいってこと。でも、グレンはカッコいいっていうより〝綺麗〟って云ったほうがいいかも」

「蛍にはそう見えるのか？」

「見えるっていうか、事実だろ？　最初に見たときあんまり綺麗な顔でびっくりしたし……って自覚ないのかよ」

「これまでそんなことを云われたことはなかったな」

「マジで？」

グレンが自分の容姿に無頓着なのは、美的感覚が違うからかもしれない。

彼の仲間はもっと大きくて筋肉質なタイプが多いようだし、美形だらけの中にいたとしたらとくに意識することもないのだろう。

「俺はケイの顔のほうが好きだ」

「はい？」

突然の告白に間の抜けた声を出してしまう。『好き』という単語が心臓に突き刺さってくる。

「あ、そうか、祖父さんと似てるからか……」

勘違いしそうになった自分に、ははは、と乾いた笑いを漏らした。顔が好きだと云われただけだ。グレンの発言に深い意味などないに違いない。

(そもそも、俺も動揺する必要なんてないだろ)

ヘンな汗を掻いている自分にもツッコミを入れた。自意識過剰にも程がある。

「確かに顔立ちはカイによく似ているが、表情はまったく違う。俺はケイの笑い方や照れた顔が好きだ」

「……っ、な、何云って……」

真顔で云われ、言葉に詰まる。さらりと流そうとしたのに、顔が熱くなるのを堪えきれなかった。多分、ごまかしようのないくらい赤い顔をしているだろう。

云い訳をしたくとも、頭が上手く働かない。

「そう、その顔だ」

「わかったから、もういいって!」

「好きなのは顔だけではないぞ。思いやりがあり気遣いができるところも好ましいと思っている。突然、俺のような者に遭って平然としている胆力にも感心した。あのカイも最初は怯えて逃げていったからな」

「…………」

止めたけれど、止め処《とど》なく無邪気に褒められ、身の置き場がない。

まるで口説かれているような気分になってくる。グレンにはそんな意識はないのだろうが、これだから天然タラシは怖い。

(はあ……)

蛍にできることは、自分自身に真に受けないよう云い聞かせることだけだった。

3

日曜日の朝。祖父の書斎の雨戸を開けると、日の光に照らされた埃がキラキラと舞った。

「うわ、埃が凄いな」

蛍は顔の前の埃を手で払うようにしたあと、窓の外に顔を出して新鮮な空気を吸った。

六畳ほどの書斎には、埃がかなり積もっていた。祖父が亡くなってからほとんど立ち入ることなく、手を着けてこなかった場所だ。

「グレン、そっちの窓も開けてくれる？」

「わかった」

二つの窓を開け放つと、風が抜けるようになった。籠《こ》もった空気はやがて薄れていくだろうけれど、畳の目に入り込んだ埃はそうはいかない。

ひとまずハンディモップで本棚や文机《ふづくえ》をざっと拭いてはみたが、蔵書の探索の前に一回掃除をしたほうがいいかもしれない。

たまには蔵書も虫干しをしなければならないのだが、仕事にかまけて放っておいてしまった。

「掃除機取ってくるから、グレンはこれで本棚の上とか拭いておいて」

「わかった」

ハンディモップを手渡し、蛍は母屋に掃除機を取りにいく。

本当は昨日のうちに書庫の捜索を始めるつもりだったけれど、帰宅が遅くなってしまったので今日に回したのだ。

昨日は墓参りのあと、東京観光《とうきょう》に繰り出してしまった。遠くから目にする高層ビルや東京タワーに興味を引かれたグレンを案内して回っていたのだ。

グレンの世界にも象徴的な高い塔はあるけれど、東京のように林立はしていないらしい。狭小地にスペースを多く確保できるメリットがあると説明すると、いたく感心していた。

東京タワーに上ったのは小学校の遠足以来だろうか。久々に足を運んだけれど、ずいぶん印象が変わっていた。

誰かと出かけることが楽しいということを昨日まで忘れていた。

グレンを元の世界に帰せるかどうかわからないいま、無神経に楽しむのは不謹慎な気もするが、必要以上に辛気くさい顔をしても仕方がない。

ああやって、外出を楽しめているうちに帰してやりたい。滞在が長期になればなるほど不安は募ってくるだろうし、余計なことも考えるようになってしまいそうだ。

(祖父さんが何か見つけててくれればいいけど……)

子供の頃、魔法の国の話はたくさん聞かせてくれたけれど、祖父の口から「帰りたい」という言葉を聞いたことがない。

諦めていたのか、それとも帰る術の糸口すら見つからなかったのか――。

悪いほうへと思考が傾きそうになり、慌てて頭を振る。いまから後ろ向きになっていては何も始まらない。

気を取り直してコードドレスの掃除機を手に書斎へと戻ると、すでに見違えるように綺麗になっていた。

「戻ったか、ケイ」

「……もしかして、グレンがやった？」

「ああ。綺麗になっただろ」

「魔力が足りないって云ってるのに、何やってんだよ！」

グレンの軽率な行動に、思わず声を荒らげてしまった。魔力が満ちているときならともかく、命が削られるとわかった以上、いまは不必要な魔法は使わせたくない。

現代の日本で生活するぶんには何の必要もないのだから、しばらくは温存と回復に努めるべきだ。

「大した力は使っていない。この程度ならほとんど魔力の消耗もないからな」

「そういうことじゃなくて！」

「すまん……ケイが喜んでくれると思ったんだが……」

大きな体を小さくしてしょんぼりする姿に、罪悪感が生まれる。心配だからと云って、強く云いすぎたかもしれない。

トーンを落として、改めて告げる。

「助けてくれるのは嬉しいけど、無茶するなよな。いくら寿命が長いって云ったって、一日だって大事だろ」

「ケイは俺のことを考えてくれてるんだな」

「あ、当たり前だろ！　グレンは――」

云いかけて、はたと我に返る。いま、自分は何と云おうとしたのだろうか。蛍にとってのグレンはどういう存在なのだろうか。

祖父の旧友として大事なひとではあるけれど、もはや蛍の友人でもある。

(そうか、友達だから心配なんだ)

どうしてこんなにムキになってしまうのか、自分でも不思議だったけれど、いまわかった気がする。蛍にとっても、グレンは大事な存在になっていたのだ。

出逢ってからまだ数日だとしても、友人になるのに時間は関係ない。長いつき合いでも絆が生まれない相手もいるし、出逢った瞬間から思い遣り合う関係にもなれる。

「ケイ?」

「……友達を大事に思うのは当然だろ。もっと自分のことを大事にしろよな」

一呼吸置いて、そう告げる。蛍の言葉に、グレンは小さく息を呑んだ。

「心しておく」

「どうしても魔法が使いたいときは、俺の魔力を使えばいいだろ」

そう早口でつけ加えた。

グレンによれば、蛍の魔力は相当多いらしい。まったくなくなってしまえば日常生活にも支障が出るらしいが、逆に云えば僅かでも残っていれば問題ないということだ。

「ありがとう、次からはそうさせてもらおう」

「ヘンに気を遣うなよな。グレンは俺の命の恩人なんだから、もっとデカい態度でいればいいんだよ」

グレンが気負わないよう、努めて軽く云う。くすりと笑ってくれたということは、蛍の気持ちが伝わったのかもしれない。

「努力するよ」

「それじゃあ、捜索に移るか」

蛍は大量の蔵書を前に、腕捲《うでまく》りをした。西側の壁は一面が本棚になっており、隙間なく詰められた蔵書の背は日に焼けて色褪《いろあ》せている。

試しに一冊引き抜いて、ページを捲ってみる。昔の本だからか紙は全体的に黄ばみ、背の部分の糊《のり》が劣化しているようだった。

いまの本よりも細かい文字で印刷されていて、ところどころ旧字も使われている。ぎっちりと埋まった文字を見ていたら、目眩がしてきた。

「ところで、これは全部カイの本なのか？」

「ああ、ウチにある本はほとんど祖父さんの蔵書だ」

小説も読んでいたけれど、大抵は民俗学やノンフィクションなど実際にあったできごとを綴《つづ》ったものをよく読んでいた。

いま考えると、元の世界の手がかりを探して不思議な事象を調べていたのだろう。

「ずいぶん読書家になったんだな。あんなに本を読むのを嫌がっていたくせに」

「本嫌いだったんだ？」

祖父の姿を思い出そうとすると、大抵縁側で老眼鏡をかけて本を読んでいる姿が浮かぶ。知識はいくらあってもいいというのが祖父の持論で、蛍にもよく本を読めと云っていた。

「本がというより、勉強が嫌いだった。知識よりも実践だっていうのがカイの主張だったが、実践だけでは手に入らないものもあると気づいたのかもな」

本棚をよく見てみると、民俗学の本だけでなくＢ級ゴシップ的な宇宙人やＵＦＯなどを特集した雑誌まである。何でもいいから手がかりを摑もうと必死だったのだろう。

「俺はこっちから調べてみる。グレンはあっちの棚から頼む」

「わかった」

蛍は棚の下段から見てみることにした。十冊ほどのスクラップブックに整理されていたのは、不思議な事象が観測されたときの記事ばかりだった。

原因不明の空の光や初観測された星の動き、神隠しかと云われている行方不明事件——やはり、祖父は自分の世界へ帰る糸口を探していたのだろう。

（どんな気持ちだったんだろ……）

想像しても答えは出てこないけれど、どうしても考えてしまう。生まれ育った故郷に戻れないとわかったときの絶望感は計り知れない。

そして、もし帰ることができたのなら、自分たち家族を残して行ってしまったのだろうか。

盆暮れの帰省のように、気安く行ったり来たりできるわけではない。永遠の別れとなると、簡単に決断はできないだろう。

もっと、真剣に祖父の話を聞いておけばよかった。異世界の存在を信じていたのは、小学校の低学年の頃までだ。

気がついたときにはサンタクロースの正体は父親で、祖父の話は御伽話だと思うようになっていた。

「グレン、そっち何かあった？」

振り返ると、畳に座り込んで何かを夢中になって見ていた。

「カイの思い出を見つけた」

「思い出？」

グレンの手元にあったのは、懐かしいアルバムだった。

祖父が祖母たちと暮らし始めた頃のモノクロの写真から、蛍の大学の卒業式の写真までが十冊のアルバムに収められている。

後半は蛍の写真ばかりだ。撮られることはあまり好きではないのだが、張り切る祖父に嫌だというのも気が引けて、いつも微妙な顔で写っていた。

「それが祖父さんの若い頃の写真だよ」

こうして改めて見てみると、確かに蛍は祖父に似ている。違うのは体の逞しさだ。細身ではあるけれど、肉体労働で鍛えられた筋肉がほどよくついている。

「幸せそうだな」

若い頃は波瀾《はらん》万丈だっただろうけれど、晩年は穏やかな日々だった。

「祖母ちゃんとは仲のいい夫婦だったよ。俺から見てもラブラブだったな」

「この子は？」

「俺だよ。この頃はすげー可愛《かわい》いだろ」

人見知りが始まる前の蛍はカメラを見ても泣いたりせず、無邪気に笑っている。我ながら天使のようだ。

「そうだな。すごく可愛い」

グレンはそう云いながら、蛍の顔を見つめてくる。話が通じていなかったのだろうか。

「あ、いや、いまの俺じゃなくて、こっちの……」

説明し直そうとしてグレンの顔を見上げ、視線が絡み合う。どこか熱っぽい眼差しにドギマギしてしまう。

（ドキドキしてる場合じゃないだろ……！）

慌てて視線を逸らして、不整脈を刻む心臓を胸の上から押さえる。

「……って、二人でアルバム見ててもどうしようもないよな。ちゃんと探さないと」

動揺を見透かされないよう、無理やり話題を逸らす。そもそも、懐かしさについ夢中になってしまったけれど、本来の目的が疎かになっている。

「そうだったな」

「グレンはアルバムに何かないか、見直してみてくれ。俺は机を調べてみるから」

「了解した」

祖父はよく文机に向かって書き物をしていたから、何かしらあるはずだ。試しに祖父と同じように文机の前に姿勢を正して座ってみる。

大事なものなら手の届く場所に置いてあるのではないだろうか。

（そういえば、祖父さんの日記とかないのかな）

心の中を覗《のぞ》くようで申し訳ないが、いまはどんな小さな手がかりでも欲しい。座ったまま、左右に視線を巡らせる。そのまま首を捻って本棚のほうへと目を向け、違和感を覚えた。

「ん？」

正面から見たときには気づかなかったけれど、本棚の上に何か載っている。あれは蛍が昔履いていたスニーカーが入っていた靴の箱だ。あの中に何か入っているのかもしれない。

蛍は立ち上がり、背伸びして手を伸ばす。しかし、天井近くまである本棚の上には届かなかった。

室内を見回すと、文机の脇に踏み台があった。

それの上に乗り、再びスニーカーの箱に手を伸ばす。指先を引っかけるようにして手前へと引き寄せた。もう少しというところで箱ごと落ちてきた。

「いてっ」

蛍の頭にぶつかった弾みに蓋《ふた》が開き、箱の中に入っていたノートや紙切れが散らばった。

「大丈夫か、ケイ！」

「平気平気」

「高いところなら俺に云えばいいだろう」

「俺でも届くと思ったんだよ。てか、何だこれ？」

箱の角がぶつかった場所を手で擦りながら、散らばったノートを拾うためにその場に屈《かが》む。どれもずいぶんと古いもののようで、落ちたときの衝撃で背が外れかかっているものもあった。

雑に扱うとばらばらになってしまいそうだ。中には古い包装紙の裏に書きつけられたメモのようなものもある。

ノートを開いてみると、ぎっちりと文章が書き綴られていた。しかし、その文字は日本語でも英語でもない、いままで一度も見たことのないものだった。

「どうした？」

「何か書いてあるんだけど、全然読めなくて」

これはまるで暗号だ。ここに書かれている内容を解読するには、一日や二日ではどうにもならないだろう。

「見せてみろ」

「何かわかるか？」

「これはカイの字のようだな」

「読めるのか!?」

こともなげに告げたグレンの顔を凝視する。

「ああ、俺たちの世界の文字だからな。ほら、ここの文字の入りが強いだろう？　それとこの字が右上がりになるのがカイの癖なんだ」

そう云われても、標準的な手書きの字がどんなものかわからないので判断はしにくかった。

「それで何て書いてあるんだ？」

「少し待て」

グレンは文面に目を通しながら、それぞれを見比べる。そして、不揃いの紙の束を顔の前に掲げて見せた。

「これがこの中では最初に書かれたものみたいだな。当初はこちらの言葉を覚えるのが一苦労だったと書いてある。大きい戦争のあとだったからか人々に余裕がなく、子供が一人で生きていくのは難儀だったようだ」

「そうだよな…大変だったに決まってるよな……」

もし自分が当時の祖父と同じくらいの年齢で言葉の通じない場所に一人きりで放り出されたりした

ら、果たして生きていけるだろうか。

「他には何て？」

「そうだな――」

グレンが文章に目を通し、大まかに翻訳してくれた。

向こうの文字で書かれたノートは、祖父がこちらの世界に来てから書かれた手記のようだった。毎日書かれていたわけではなく、折々に思ったことを書き綴っていたようだ。

最初のうちは故郷に戻れない不安や絶望が書かれていた。祖父が置かれていた状況がどれほど厳しいものだったか、改めて知ることができた。

それでも、祖母の家族との生活には癒やされていたようで、徐々に馴染んでいっている様子が伝わってきた。

祖母と出会えたことが、祖父の救いになったのだろう。偶然にして、必然の出逢いだったのだ。

ふと、疑問が浮かぶ。祖父は日本語を覚えるのに苦労したと書いている。だが、蛍はグレンとは始めから普通に会話を交わしていた。

「……そういえば、なんでグレンと言葉が通じるんだ？」

深く考えていなかったけれど、彼らの世界にも彼らの言語があるはずだ。しかし、グレンが喋っている言葉は日本語に聞こえる。

異世界の言葉がこちらのものと同じとは考えにくいが、実際にこうして言葉が通じているのは事実だ。

「召還術の効果だ。呼び出した相手と意思疎通ができなければどうにもならないだろう？　呼び出した者の知識を借りる形で言葉を理解できるようになっている。ただ、会話を手助けするためのものだから読み書きができるようになるわけではないんだ」

「なるほど、会話はできても文字がわかるようにはならないってことか……」

仕組みはわからないが、魔法と云っても万能ではないようだ。それでも、知らない言語を話せるようになるのは便利だ。

「とにかく、ヒントになりそうなものがあってよかったな」

祖父の手記を読み解けば、探している答えが見つかるかもしれない。

「そうだな。一先ず、俺はこれを読んでみよう」

「よろしく。俺はもうちょっと机周りを調べてみる」

役割分担を振り直し、再度捜索に戻った。


「はい、お疲れ」

「ありがとう」

縁側に座るグレンに麦茶のグラスを手渡し、蛍も隣に腰を下ろす。

昨日買い物をしたときに、お茶請けくらい買っておけばよかった。男の一人暮らしだと、そういうところになかなか気が回らない。

麦茶を半分ほど一気に飲み、大きく息を吐いた。

「そうそう簡単にはいかないよなぁ」

元の世界に戻すための手がかりはなかなか見つからない。これまでにわかったことを整理するために休憩することにした。

グレンも麦茶を口に含み、独りごちるように呟いた。

「――やはり、カイは帰ろうとしていたんだな」

「祖父さんは他に何を書いてた？」

「結婚したときのことや娘が生まれたときのこと。そのあとはあまり記載がない」

「何だ、俺のことは書いてないのか」

自分のことをどんなふうに思っていたのか知りたかった気もするが、心の中を覗くのはいいことではない。

「どれもケイが生まれる前に書かれたもののようだからな」

「そのあとは書かなくなったのかな……」

「きっと、子供が生まれて多忙になったんだろう」

「それはあるかもな。母さんが生まれた頃に仕事も軌道に乗ってきたって云ってたし。そういえば、そっちの世界の祖父さんの家族はどうしてるんだ？」

今更すぎるかもしれないが、こちらの世界に飛ばされる前の祖父にも家族がいたのではないだろうか。

「カイは孤児なんだ。赤ん坊の頃に孤児院の前に捨てられていたと云っていた」

「孤児――」

「そこの孤児院の院長が父親代わりだったようだ。院長は高名な魔道士でな。身を立てていくための術として、子供たちに魔道を教えているんだ」

「そうだったんだ……」

「才能があって覚えの早かったカイは孤児院での修行に飽きてしまったらしく、院長の許可も得ずに勝手に修行の旅に出たらしい。つまり、家出だな」

「傍《はた》迷惑な……」

祖父はかなり無鉄砲な子供だったようだ。思わず院長に同情した呟きを零すと、グレンが声を立てて笑った。

「確かにな。だが、そのお陰でいまの俺がある」

「結果オーライってことだな」

無茶な行動の末に異世界に飛ばされた祖父は、そんな自分の経験から慎重な性格になったのかもしれない。

「院長さんたちも祖父さんのことを待っててくれてたんだろうな」

「それは――――」

「もしかして、迷惑かけすぎていなくなって清々してるってわけじゃないよね？」

「それはない。最初のうちは彼らも一緒に探してくれていた」

「最初のうち？」

「彼らはもうカイのことを覚えていないんだ」

「え、何で？」

「カイは一旦はあちらの世界との繋がりが切れてしまっている。死んだわけではなく、世界から消えた。そのせいで人々の記憶からも消えてしまった。いまでも覚えているのは俺だけだ」

「そんな……。でも、それならどうしてグレンは覚えてるわけ？」

それだけ祖父との絆が強いということだろう。

「カイのことは俺の魂に刻まれている。皆が忘れようと、俺が忘れるはずはない」

「そ、そうだ、祖父さんはどんな魔法が使えたんだ？」

重たくなってしまった空気を変えようと、質問を変える。

「魔力にはそれぞれ適正がある。カイは火と治癒の術が抜群に上手かったな。あれは生まれ持ってのものだろう」

「治癒？」

そういえば、祖父に傷を診てもらうと治りが早いことがあった。よく子供にする痛みが飛んでいくおまじないだったけれど、何故か綺麗に傷が消えていたこともある。

（あれはこっそり魔法を使ってたのかも……）

そうやって思い返してみると、祖父と二人きりのときは不思議なことが色々あった。

萎《しお》れかけていた花が生気を取り戻したり、動けなくなっていた小鳥が元気に羽ばたいていったりと驚くことが多かった。

「カイの魔法は天才的だったな」

「祖父さんはそんなに才能があったんだ？」

「そのぶん驕《おご》りもあったが、それを上回る努力家でもあった」

グレンの口から聞く祖父は意外な面がいくつもある。聡明《そうめい》で思慮深い祖父にも、若かりし頃があったのだと興味深かった。

「生き物を使役したり、他の者の力を増幅させることが得意な者もいる。俺はカイみたいな魔力の使い方は苦手なんだが、基礎くらいなら教えられるはずだ。ケイも練習してみないか？」

「俺が？　無理無理！　できるわけないって！」

「やってみなければ、できないとは云いきれないだろう？　まずは試してみることが大事だ」

どうせ自分に魔法など使えるわけはないのだ。駄目元でチャレンジしてみてもいいかもしれない。

「……じゃあ、ちょっとだけなら」

「よし、そう来ないとな」

云われるがまま、水を張った洗面器を用意する。まずはグレンの得意分野を教えてもらうことになったのだ。

「この水を動かせるかどうか試してみよう。まずは俺が手本を見せる」

グレンはそう云って、洗面器の上に手を翳《かざ》す。静かだった水面は徐々に波打ち始め、やがて渦を巻き始めた。

「すごい……。てか、魔力を使って大丈夫なのか!?」

「このくらいなら大したことはない。さあ、次はケイの番だ。手を開いて水に近づけて、水の中に意識を流し込むようにするんだ」

「意識ってどうやって？」

「心の中で話しかけるようにしてみろ」

「わかった」

云われたとおり、ただの水に向かって動けと願う。荒唐無稽なことをやっている虚《むな》しさもなくはなかったが、グレンにあれほどまでに薦められては無碍《むげ》にも断れない。

「もっと集中して」

「は、はい」

雑念が交じっていたのがわかったのだろうか。ぴしりと云われ、身が引き締まる。気持ちを切り替えて集中していると、不自然に水面がさざ波始めた。

「え、嘘!?」

本当にできたことに驚いてしまい思わず声を上げると、水が爆ぜるように四方八方に飛び散った。

「うわ……!」

「!?」

噴水を被ったかのように、二人ともびしょ濡れになってしまう。

「ごめん！　いまタオル持ってくるから」

慌ただしく脱衣所にバスタオルを取りにいき、濡れたグレンの髪を拭く。

「このくらい大したことはない。それより、俺の云ったとおりできただろう？　やはり、ケイの潜在能力はかなりのもののようだな」

「いまはそんなことより体拭かないと。風邪引いたら困るだろ」

肉体は強靭《きょうじん》かもしれないけれど、目に見えないウイルスに対してはわからない。蛍の母は普段は元気でも、風邪を引くとなかなか治らないことが多かった。

きっと母の体はこちらの世界のウイルスに免疫がなかったのだろう。結局、原因不明の病にかかり、治す術がわからないまま他界してしまった。

そのことを考えると、万が一を考えたら心配になる。

「そうしたら、ケイに治してもらう」

「そんなこと云われても、俺に祖父さんみたいな治癒の魔法は使えないんだからな」

「コツを摑めば、ケイにだってできるはずだ」

「コツって云われても、無理なのは無理だって」

もしも、適正があったとしても物心ついたときから修行をしていた祖父と同じようにできるわけがない。

「着替えたほうが早いかもな」

「乾かせばいいだろう」

「いくら晴れてるって云ったって、すぐには乾かないと思うけど」

「こうすればいい」

「!?」

言葉を遮るようにキスされた。目を閉じる間もなく、唇は一瞬で離れていく。

口づけの感触に呆然としていると、ぶわっと風が舞い上がった。自分たちを取り巻くように風がぐるぐると回り始めたかと思うと、やがて逃げるようにどこかへ行ってしまう。

あっという間に服も髪も水滴のついていた眼鏡も乾いたが、はっきり云ってそれどころではない。

「す、する前に云えよ！」

「魔力を使っていいと云っただろう。やはり、嫌だったか？」

「い、嫌とかじゃないけど、いきなりは驚くだろ……」

魔力を使っていいと云い出したのは蛍だが、先に気持ちの整理をさせて欲しい。不意打ちのキスに跳ねた心臓は、簡単には落ち着いてくれなかった。

力を使うためだとわかっていても、どうしたって唇に残る生々しい感触を意識せずにはいられなかった。

（童貞の純真さを舐めるなよ……！）

グレンとセックスしてしまったけれど、蛍が童貞であることに変わりはない。

行為中は『体液』の効果で理性が飛んでいる状態だったこともあり、あれを経験の一つとは数えていいものか自信がない。

「次からは前もって云うようにする」

「……そうして下さい」

魔力を吸われたせいか、ほんの少しだけ気怠さを感じる。昨日の今日だからか、蛍の持つ『魔力』も少なくなっているのかもしれない。

「もう少し続けてみるか？」

「水はもういいや」

適正とやらはわからないけれど、なんとなく相性が悪い感じがした。祖父の血を引いているのだから、火や治癒の類《たぐ》いが向いているのかもしれない。

「そうか？　それなら、他のを試してみるか」

「他のって？」

「基礎は水と風と火だからな。風は目に見えづらいから火のほうがわかりやすくていいんだが——」

「それはちょっとやめといたほうがいいと思う」

さっきのように力が暴走してしまった場合、水なら濡れるだけですむけれど、火だと大事になりかねない。この木造の家に飛び火したら、あっという間に燃えてしまうだろう。

「だな。治癒は俺には教えられないしな」

そのとき、思案して黙り込んでしまったグレンの前へ蝶《ちょう》がひらひらと飛んできた。

「ちょうどいい。あれを呼んでみろ、ケイ」

「え、あのチョウチョを？」

「そうだ。使役の術を試してみよう」

「しえき……？」

「生き物の力を借りる術のことだ。対象の生き物をしっかり見て、さっきと同じように強く心で命じるんだ」

「わ、わかった」

水に対してやったのと同じように心の中で繰り返し願う。

（こっちに来い、こっちに来い……）

射貫かんばかりに見つめて命じているのに、蝶は庭の花々の上を舞うばかりだ。だんだん虚しくなってくる。

「さすがに無理なんじゃ……」

「諦めが早すぎるぞ。もっと心を強く持つんだ。疑いを持つということは揺らぎが出るということだ。自分のことを自分が信じてやらなくてどうする」

「そんなこと云われても」

「水を操れたんだ。できないわけがないだろう？」

そう云われるとできるような気もしてくる。蛍は気を取り直して、蝶に向き直った。

（こっちに来い、来い、お願いだから来て下さい……！）

最後のほうは自棄《やけ》だった。懇願するように祈ると、ひらひらとこちらに向かって飛んできた。

「嘘、マジで？」

恐る恐る人差し指を立てて差し出すと、蝶は蛍の指先に止まった。ゆっくりと羽を広げて休み始める。

昔から犬や猫に好かれる質ではあったけれど、こんなふうに云うことを聞かせられるなんてびっくりだった。

「見てよ、グレン！　俺の指に――」

「ああ、よくできたな」

思わず興奮してグレンのほうを向いて報告すると、眩しい笑顔を向けられた。蛍はその表情に何故かドキリとしてしまった。

動揺した瞬間、蝶はまたどこかへ飛んでいってしまう。

（なんだ、いまのドキッは……）

根本的にグレンの顔が好みなようだ。その上で天然タラシの素質のあるグレンの言動のせいで、必要以上に意識してしまっているのだろう。

冷静に自分の感情を分析したところで、胸の鼓動が落ち着くものでもない。蛍の動揺にグレンが気づいていないことは幸いだった。

「ケイの適正はこちらのようだな」

グレンは蛍の能力が判明したことに気を取られている様子だ。

「本当に？　いまのが偶然ってことはないのか？」

「そうだな、他の生き物——動物で試してみるとはっきりするんだが。といっても、この辺では見かけないな。人間以外の動物は生息していないのか？」

「犬とか猫がいる家はあるけど、勝手なことはできないしなあ」

外で飼われている犬もいるけれど、いい大人がよその家の庭を覗き込んでいる様子はあまりにも怪しすぎる。

「そうか……」

「なら、動物園に行ってみるか？」

現状が手詰まりなことに代わりはない。出かけて気分転換をするのもいいかもしれない。焦って物事が上手くいくとは限らない。

「動物園とは何だ？」

「色んな動物を飼育してる施設だよ。ウチからそんなに遠くはないし、色んな動物がいて面白いんじゃないかな」

出かける提案をしたのは、このまま家の中でグレンと二人きりでいたら、まずい気分にもなりかねないという危惧《きぐ》もあったからだ。

それに、祖父と出かけた思い出を辿《たど》っているうちに、何かヒントのようなものを思い出すかもしれない。

「それは是非行ってみたいな」

「よし、決まりだな」

午後の予定を決め、残りの麦茶を飲み干した。


グレンと二人、蛍の家から三十分ほどで行ける小さな動物園へとやってきた。

足を運んだ都営の動物園は、小さい頃に両親や祖父母とよく訪れたところだ。ところどころリニューアルされているけれど、雰囲気はそのままで懐かしさを覚えた。

大きな公園に併設されていて、親子連れだけでなくデート中と思しき二人組ともよくすれ違う。自然が多い場所のためか、グレンも心なしか過ごしやすいように見えた。

「やっぱり難しいな……。素養はあるのかもしれないけど、俺には使いこなすのは無理なんじゃないか？」

「初めのうちはあんなものだ。まだ力の出し方にムラがあるんだろうな。使いこなせるようになるには練習あるのみだ」

弱音を吐くと、グレンに励まされる。

初めは小鳥やリスなどの小動物に話しかけることから始めた。蛍が呼び寄せようとするとすぐに近くにやってくる子もいれば、蛍と見つめ合ったまま微動だにしない子もいた。サイズの大小は関係なく、個体の差のように感じた。これが魔力の消耗による疲労なのだろうか。集中しすぎて怠くなってしまった。

「子供のときのほうがよく寄ってきてくれてた気がするな……」

蛍が檻《おり》の近くに行くと、どの動物も近くに寄ってきてくれていた。あれはもしかして、蛍の気持ちに応えてくれていたのだろうか。

いまよりも無垢《むく》だったからこそ、気持ちが通じやすかったのかもしれない。

「ちょっと休憩していい？」

「もちろんだ。無理は禁物だからな」

売店の近くのベンチは先客で埋まっていた。座れるところを探して、園内を歩く。

「おかーさん、ソフトクリーム食べたい！」

「さっきお弁当食べたばっかりでしょ？」

「でも、食べたいんだもん！」

駄々を捏ねる男の子の声に思わず振り返る。

「いいじゃないか。お父さんも食べたいと思ってたんだ。一緒に買いに行こう」

「やったあ！」

親子連れの遣り取りに当時のことを思い出す。

「懐かしいな。昔、よく来てたんだ。母さんに弁当を作ってもらって、父さんも一緒に三人で……」

あの頃は父もよく一緒に出かけていた。蛍には甘くて、母によく叱られていた。

「ケイ?」

「――」

「ケイ、大丈夫か?」

「え? あ、うん。何でもないから大丈夫。そうだ、俺たちもソフトクリーム食べよっか。買ってくるから、そこのベンチで待ってて」

作り笑いでごまかして、売店へと小走りで向かう。

昔のことを思い出し、とっくに吹っ切ったはずの寂しさが甦りそうになってしまった。

(もういい大人だってのに情けないな……)

父親が恋しいわけではない。母亡きあと、まともに話もせず疎遠になってしまったことが、ずっと心に引っ掛かっているのだ。

割り切ったつもりでいたけれど、まだ消化しきれていない感情があったようだ。

腹を割って話し合えればいいのだろうが、父は当面日本には帰ってこないだろう。

「まあ、仕方ないか」

母が亡くなったときの父の憔悴ぶりは大変だった。まだ愛する人を亡くした現実に向き合う準備ができていないのだろう。いつか思い出を語り合える日がくればいいのだが。

「すみません、バニラとチョコレート一つずつ」

「かしこまりました。二つで千円になります」

ソフトクリームを両手に持ち、グレンの待つベンチへと急ぐ。

子供の頃はミックスばかり食べていた気がする。あの頃は二つの味を楽しめたほうが得に思えたのだ。

「あ……」

ベンチに座るグレンの様子に、思わず急いでいた足が止まった。遠くを物憂げに眺める表情に目が釘《くぎ》づけになった。

元気に振る舞っているけれど、やはり故郷が恋しいに違いない。彼と過ごす時間が楽しくて浮かれかけていた自分を反省した。

声をかけそびれていたら、グレンがこちらに気づき笑顔を浮かべた。

「ケイ、お帰り」

「お、お待たせ」

「どうかしたのか？」

中途半端なところで立ち止まっている蛍を訝しく思ったようだ。浮かれた自分を反省していたなどと云えるわけもなく、作り笑いでごまかす。

「な、何でもない」

追及を避けようと、わざとらしく質問を投げかける。

「バニラとチョコレート、どっちがいい？」

「どう味が違うんだ？」

「食べてみればわかるよ。まずはバニラかな」

バニラ味のソフトクリームを渡し、蛍もベンチに座る。歩いているうちに溶けてきてしまっていて、持っている手に垂れそうになっていた。

溶けた部分を舐めると、濃厚な甘さが口に広がる。

「美味い」

「気に入ったならよかった。じゃあ、こっちも味見してみる？」

深く考えずにスプーンで掬《すく》ってグレンに差し出してしまってから、大人の男同士の行動ではなかったのではと恥ずかしくなった。しかし、今更引っ込みはつかない。

蛍の動揺に気づくことなく、グレンはスプーンにぱくりと食いつく。

「これも美味いな」

「う、うん」

勝手にドギマギしている自分をどうかと思うが、不規則に跳ねる心臓は意思の力ではどうにもならない。

「ケイも食べてみるか？」

「だ、大丈夫。食べたことあるから」

「それもそうだな」

人通りのない場所だったからよかったものの、端から見たらいい歳の男同士で何をやっているのだと思われそうだ。

まるで『デート』のようだ——脳裏に浮かんだ単語に、顔が熱くなってくる。

（俺は何を考えてるんだよ……！）

舞い上がりすぎている自分を心の中で叱咤《しった》する。

赤くなった顔を気づかれる前に元に戻したい。体の中が冷えれば少しはマシになるかもしれないと淡い期待を抱きながら、ソフトクリームの残りを舐める。

「うう……ひっく……」

涙混じりの声のほうに視線を向けると、小さな男の子がベソをかいていた。周囲を見ても、保護者らしき人はいない。

「グレン、ちょっと待ってて」

蛍はソフトクリームのコーンの残りを口の中に放り込み、悲しげに泣く男の子のところに駆け寄って話しかけた。

「どうした？　お母さんとはぐれちゃったのか？」

「おかあさん……？　うわあああああん」

母親がいないことにたったいま気づいたようで、さらに激しく泣き始める。つまり、最初に泣いていた理由は別にあるということだ。

「お母さんなら一緒に探すから大丈夫だよ。それより、何が悲しかったんだ？」

「あのね、僕の…風船が……」

男の子はそう云って、上を見上げる。その視線の先を追うと、青い風船が木の枝に引っかかっていた。その枝までは地面から四メートルほどあるだろうか。大人でも手が届かない高さだ。

取ってやると云いたいところだが、この木に登るのは難しそうだ。まっすぐに伸びた木の幹は足をかけるところが見当たらない。

入場口で配っていた風船だと思われるが、いまから戻ってもらえるかどうかはわからない。

「困ったな……」

男の子と二人で頭を抱えていたら、背後に気配がした。

「あれを取ればいいのか？」

グレンの問いかけに、男の子の瞳に期待が宿る。

「おじちゃん、僕の風船取れるの？」

「ああ、任せろ。二人とも少し離れててくれ」

「わ、わかった」

蛍と男の子が離れたのを確認したグレンは数メートル後退し、軽く助走をつけて力一杯ジャンプした。

「！」

人間離れした高さまで飛んだグレンは風船の紐を事もなげにキャッチし、ふわりと華麗に着地した。

「すごぉい……！」

男の子はヒーローを見るかのようなキラキラした眼差しでグレンを見つめている。

「ほら、大事なものは離すんじゃないぞ」

「うん…！」

風船を受け取った男の子は、尊敬の眼差しでグレンを見あげていると、そこへ息を切らせた女性が駆け寄ってきた。

「サトル！　こんなところにいたのね。外にいるときはママから離れないでって云ったでしょう？すごく心配したのよ」

「あのね、このおじちゃんに風船とってもらったんだよ」

「おじ……お兄ちゃんでしょ！　すみません、ありがとうござ――」

男の子の母親はグレンの顔を見た途端、口を開けたまま固まった。

まさに見蕩れている、といった様子だ。彼女の気持ちは手に取るようにわかる。蛍も初めて見たときは同じように見入ってしまった。

だいぶ見慣れてきたけれど、まだ不意打ちを受けることがある。美しさは罪だ。

「これからは母君の傍を離れるなよ。男子たるもの、母に心配をかけるようなことは慎まなければな。約束できるか？」

「約束する」

男の子はグレンに肩を叩かれ、胸を張る。尊敬すべきひとの言葉を噛み締めているようだ。

「あ、あの、本当にありがとうございました！　失礼します！」

我に返った母親は盛大に照れた様子で勢いよく礼を云い、男の子と共に去っていった。大きく手を振る男の子を二人で微笑ましく見送る。

「ありがとう、グレン。俺じゃどうにもできなかったから助かったよ」

「あのくらいお安いご用――」

言葉が途切れたかと思うと、グレンはがくりと膝をついた。

「ええ!?　ちょっ、大丈夫？」

慌てて蛍もその場にしゃがみ、グレンの様子を窺《うかが》う。

「格好つけたのに、みっともないな。少し疲れただけだ。休めばすぐ回復する」

高く跳ぶためにやや多めに魔力を要したのだろう。この間のように魔力切れで目眩を起こしたようだ。

無茶をするなと云いたかったけれど、小さな男の子のためだと思うと怒りきれなかった。男の子の前ではすごくカッコよく決まっていたのに、こうして決まりきらない。だけど、蛍にはそういうところが彼の魅力の一つに思える。

「ベンチで少し休もう」

グレンを支えて、さっき座っていた木陰のベンチまで連れて行く。

「水飲む？」

「いや、いい。少し横にならせてくれ」

「そのほうがいいな。何か枕になるものないかな」

今日は丸められるような上着も持っていないし、ボディバッグの生地は硬く、金具もついているので枕には不適格だ。

「……あんまり寝心地はよくないだろうけど文句云うなよ」

「？」

云い訳をしてから、グレンを膝枕する。高さも硬さもいまいちだろうが、ベンチにそのまま寝るよりはマシだろう。

「いや、ちょうどいい高さだ」

気分が悪いはずなのに、グレンはにこにこと笑いながら蛍を見つめてくる。いまの体勢では、視線から逃れる術はない。

「な、何だよ」

「ケイは優しいな。ありがとう」

「はあ？　別に普通だろ」

特別なことは何もしていない。敢えて感謝されるほどのことではない。あまり見つめられているのは気恥ずかしい。

「そ、それで、気分はどうだ？」

「寝心地はいいが、まだ体に力が入らない。すまんな、迷惑をかけて」

「迷惑なんて思ってないって。ま、しばらくはここで昼寝だな」

たまにはこういう時間もいいだろう。

「このあと、予定があったんじゃないのか？」

「図書館に行ってみようかと思ってたけど、また今度でもいいし。いまはグレンの体調のほうが優先だろ」

「図書館か。参考になりそうな文献があるかもしれないな」

「俺もそう思ってさ。いまから行けば閉館時間まで余裕があるんだけど――」

すぐに回復する方法はある。グレンの顔を見ると、蛍と同じことを考えているように見えた。

「あー、その、グレンは今日行きたい？」

「可能ならな。無理にとは云わん」

グレンの云わんとしていることがキスのことだとわかり、途端に緊張する。

「……わかった」

とりあえず、グレンが動けるようになればいい。蛍は上半身を屈めて顔を近づけ、そっと唇を押し当てる。今日二度目のキスだ。

頭の中で五秒数えてから顔を上げようとすると、首の後ろに手を回され押さえつけられ、逆に口づけを深くされた。

「んん!?」

キスをやめようとしたはずなのに、逆に深くされてしまう。唇を食《は》まれ、思わず口を開けてしまった。そこから忍び込んできた侵入者に舌を搦《から》め捕られ、舌先を吸われる。

「んぅ……っ」

普段は遠慮がちなくせに、こういうときはやけに強引だ。眼鏡がグレンの顔に当たっていないか心配になるけれど、口を塞《ふさ》がれているせいで確かめようがない。

入り込んできた舌が傍若無人に口腔を探る。魔力を吸われる気怠さよりも、舌が擦れる感触にぞくぞくとした。

ソフトクリームで冷えていた舌がだんだんと熱くなってくる。

魔力を吸われて力が抜けていっているのか、キス自体に腰砕けにされているのかわからないけれど、ベンチに座っていなかったら、その場に頽《くずお》れていただろう。

「ン、んん」

外だということはわかっているのに、キスに夢中になってしまう。いい加減、やめなければと思いながらも、もっともっとと自分からも舌を絡めて求めてしまう。

体の奥のほうからじわじわと熱くなってきた。下腹部の疼きも自己主張を強めてきている。

『——迷子のお知らせです。東京都H市からお越しの——』

「……っ」

保護者の呼び出しの放送に我に返り、顔を上げる。よく考えなくても、ここは動物園という公共の場だった。

人通りのない場所だとは云え、外でするには相応《ふさわ》しくない行為だ。セクシャルな行為は大っぴらにするものではないと教えるべきなのかもしれない。

先に場所を変えるべきだった。人目がなかったからよかったものの、だからと云って外でするようなことではなかった。

蛍は無意識に、ごくりと混じり合った唾液《だえき》を飲み込んでしまった。

(しまった)

後悔したときには遅かった。ドクン、と大きく脈打ったのが自分でもわかった。

縁側でのキスは触れるだけだったからどうにかやり過ごせたけれど、いまのキスでスイッチが入って体の奥の疼きを意識してしまうと、呆気なく中心部に熱が集まっていく。ごまかしようがないくらい張り詰めてきた。

「もう終わりか？」

「も、もう充分だろ」

蛍の魔力で回復したグレンはすっかり元気になっている。いたたまれなさをごまかすために、ぺしっとグレンの額をはたく。

「どうした、ケイ？」

「何でもない」

体を起こして気遣わしげに問いかけてくるグレンに早口でそう答え、体をずらして距離を取る。しかし、簡単にはごまかされてはくれなかった。

「何でもないという顔ではないだろう。気分が悪くなったんじゃないのか？」

「ほんとに何でもないから」

「ケイ。思っていることはちゃんと言葉で云ってくれ。やはり、不快だったのか？」

「そんなことないって。むしろ、その逆っていうか……」

「どういうことだ？」

グレンは距離を詰め、顔を覗き込んでくる。顔を背け、さらにベンチの端へと移動する。立って逃げるという手もあったけれど、いま立ち上がると前屈みになってしまう。

「とにかく、グレンが心配するようなことはないから！」

「俺は何か怒らせるようなことをしたか？」

「怒ってないし、気分も悪くないから大丈夫」

「だったら、こっちを向いてくれ」

「ああもう！　ちょっとは察してくれてもいいだろ!?　勃っちゃったんだよ！」

自棄になり、真っ赤になって白状した。さっきのキスで体のスイッチが入ってしまったようで、腰の奥が疼いている。

ボディバッグをさりげなく前に持ってきて隠してはいるけれど、いま背筋を正すのは難しい状況だった。

「あー……それは、すまなかった……」

グレンも蛍の気まずさがわかったらしく、黙り込んだ。重たい沈黙が続く。

興が乗ってしまったのは、蛍も同じだ。グレン一人が悪いわけではない。

「今日はもう帰ったほうがいいな。歩けるか？」

「……少しなら」

いますぐ帰れるものなら帰りたい。しかし、家に辿り着くには電車を乗り継がなければならない。

こんな状態で電車に乗るのはさすがに無理だ。

通常ならばしばらく放っておけば治まるけれど、『副作用』となるとどのくらいで効果が切れるかはわからない。

「この辺りで休めるところはあるか？」

「多分あると思うけど……」

蛍はのろのろとスマホを取り出す。こんな真っ昼間からホテルを探すことになるなんて、思いもしなかった。

しかし、近隣のビジネスホテルのチェックインは軒並み十五時からだ。それまでの時間、この状態で待っているなんて辛すぎる。

その上、いかにもセックスが目的ですと云わんばかりの顔をフロントに晒すのはさすがに抵抗があった。皆、こういうときはどうしているのだろうか？

浮かんだ疑問に、すぐに答えが出る。

（……ラブホテル？）

経験が皆無だったため、なかなか候補に挙がってこなかったけれど、ようやくそのための施設があることに思い至った。

背に腹は変えられず、生まれて初めてラブホテルに入った。システムはよくわからなかったが、緊張したり狼狽える余裕もなかったのが逆に功を奏したのかもしれない。

一番近くにあったホテルでてきとうに選んだ部屋に入り、中央に据えられたベッドに寝かされた。部屋に辿り着く頃には足腰に力が入らず、半分抱えられるような状態だった。

「大丈夫か?」

「全然、大丈夫じゃない……」

縋るような眼差しをグレンに向けてしまう。体が熱くてたまらず、さっきよりも呼吸が上がってしまっていた。

いまの蛍の頭の中はいやらしいことでいっぱいだった。いますぐ出したいし、抱いて欲しい。だけど、それを口にするにはまだ理性が残っている。

もしも初めてのときの行為で蛍が抱く立場だったのなら、グレンを抱きたいと思うようになっていたのだろうか。

「そうだな、とりあえず出したほうがいいか?」

「キスしたい」

願望が口をついて出てしまう。キスをすればするほど理性が飛んでいくのは承知している。だけど、いまは欲求が抑えきれなかった。

「それは……余計に辛くなるだろう」

「いいから……っ」

蛍は我慢できずに眼鏡を外して放ると、グレンの襟を摑んで引き寄せて強引に口づけた。

「ンッ、んん……」

首にしがみつき、自ら舌を捻《ね》じ込む。最初は躊躇いがちだったグレンだったが、諦めたのか蛍の求めに応えてくれる。

ようやく欲していたものが与えられ、陶然とキスの心地よさに浸る。

「んぅ、ん……」

一頻《ひとしき》り唇を貪《むさぼ》り合ったあと、キスが解ける。混じり合った唾液を飲み下し、はあはあと肩で息をしながら謝罪する。

「――ごめん、俺どうかしてるな」

欲求が幾分満たされ、理性が少しだけ戻ってきた。だけど、またすぐに体は熱くなってしまうだろう。

「どうして謝るんだ？　どうかしてるんだとしたら、それは俺のせいだろう」

「でも」

「悪いのは俺だ」

「……あ……」

前髪を掻き上げられ、額に口づけられる。まるで、愛おしい相手にするような仕草に、ぎゅうっと胸を締めつけられる。

（胸が苦しい）

こんな副作用があるとは聞いていない。だったら何故、こんなにも心臓が締めつけられるように苦しいのだろう。

「俺に任せてもらってもいいか？」

こくりと頷くと、額や目元、頬と順番に唇を押し当てられ、その柔らかな感触は首筋に降りてきた。グレンは喉元や鎖骨を吸い上げながら、蛍の体をまさぐってくる。

「ア、ん……っ」

服の上から触れられた場所は、一層熱さを増した。じんじんと疼くような熱さが、全身へと広がっていく。

「やっ」

張り詰めた股間を撫でられ、上擦った声が上がる。指先で形をなぞられ、ぐっと大きくなる。ウエストを緩めたズボンと下着を引き下ろされ、窮屈さからは解放された。

「……ッ」

下肢を剥き出しにされ、痛いくらいに反り返った屹立がグレンの眼下に晒される。

羞恥で体が熱くなる。恥ずかしいところを見られるなんて今更だとわかっていても、ガチガチに張り詰めた自身を露《あら》わにするのは居たたまれない。

自分が目を逸らしたところで意味はないのだが、思わず顔を背けて目を瞑ってしまった。

「大丈夫だ、すぐ楽にしてやる」

「あ……っ」

昂りを大きな手に包み込まれた。ひゅっと小さく息を呑む。そのまま上下に扱かれ、喉から声が漏れてくる。

「ひっ、あ、あ……！」

「強すぎないか？」

「へーき、あっ、は、ぁあ……っ」

もっと強くしてくれてもいいくらいだ。括《くび》れたところを擦られて、さらに高い声が出た。

グレンの指遣いは巧みで、蛍は快感に溺れていった。一度こんなことを知ってしまったらもう一人でしても満足することはできないだろう。

「あ、や、もう……っ」

熱が蛍の中で荒れ狂う。グレンの肩に爪を立て、限界に近い感覚を堪え忍ぶ。先端の窪みをぐりっと抉られた瞬間、決壊した。

「〜〜〜ッ」

派手に爆ぜた白濁は、グレンの指だけでなく腹部にも散っている。なのに、蛍の昂りはまだ張り詰めたままだった。むしろ、さっきよりも苦しいくらいだ。

「うそ、なんで……」

「まだ辛そうだな」

「ひゃ……っ」

軽く撫でられただけなのに、電流みたいなものが走り抜けた。さっきよりも感じてしまうのは、強く擦られたせいで表面がひりついて敏感になっているせいかもしれない。

ズボンや下着を取り去られたかと思うと、足を大きく開かされた。グレンは体を屈めると、蛍の屹立を手で支え、根元から舐め上げた。

「嘘……!?」

ひとの手に触れられるだけでも刺激が強いのに、舐められたりしたらひとたまりもない。薄い皮膚へのダメージは軽いかもしれないが、余計に感じてしまう。

「そ…なの、汚いから……っ」

セックス自体、何もかもが恥ずかしいことなのだということはわかっているけれど、恥ずかしさと申し訳なさと、感じてしまう自分への罪悪感で死にそうになる。

「いまさらそんなことを気にするのか？　この間はもっと凄いことをしただろう」

「だって、ちょ、待っ――」

グレンは軽く笑い、こともなげに蛍のそれに舌を絡めるようにして舐めしゃぶる。絡みつく舌の感触が堪らず、上擦った声を零してしまった。

(頭がおかしくなる)

自分のものを直に舐められているという現実に気が遠くなりかける。そのまま意識が薄れなかったのは、強すぎる快感のせいだ。

「や、それ、やめ……っ」

頭《かぶり》を振って訴えるけれど、グレンはさらに熱を込めて刺激してくる。

「あ、あっ…ぁあ……っ」

じゅっと強く吸い上げられ、我慢できなかった。びくびくと下肢を震わせて、グレンの口の中で爆ぜてしまった。

「ご、ごめん――」

謝ろうとしたら、グレンは蛍の体液を当たり前のように飲み下していた。

「ちょっ……」

「どうした？」

「何でも…ない……」

云いたいことはあったけれど、何を云ってもやぶ蛇になるだけだ。あまりに平然としているグレンに経験豊富なところを見せつけられているようで腹立たしい。

上がった呼吸を落ち着けていたら、ふとグレンの下半身が目に入った。スキニーのパンツの前が、明らかに膨らんでいる。どう見ても窮屈そうだ。

「……それ、大丈夫か？」

「まあ、何とかな」

蛍が確認すると、グレンは苦笑いを浮かべる。

「ええと……手伝おうか？」

同性として辛い状態なのはよくわかる。問いかけに躊躇いが滲んでしまったのは、挿入の感覚が生々しく甦ってきたからだ。

「大丈夫だ、自分でどうにかする」

「俺がそう云ったときは気を遣うなって云ったくせに。俺にできることがあったら、手伝うから」

自分ばかり気持ちよくしてもらっているのは申し訳ない。口でするのはさすがに無理でも、手くらいなら貸せる。

「だったら、抱いてもいいか？」

「……へ？」

グレンの言葉に耳を疑った。抱いてもいいか、と訊いてきたということは、積極的に抱きたいと思っているということだろうか。

『抱いてもいい』と『抱きたい』では、大きく意味合いが変わる。真意を問うべきかどうか迷っているうちに、グレンは前言を撤回してきた。

「――冗談だ。真に受けなくていい」

「あ、そ、そっか、そうだよな」

ほっと胸を撫で下ろしながらも、どこかで落胆している自分がいることに気がついた。

（な、何を期待してたんだよ！）

初めて抱かれたあの夜のことを思い出す。怖いくらいに感じ、自分が自分でないくらいに乱れてしまった。

「心配するな。必要以上にケイに負担をかけるつもりはない」

「え？」

どういう意味かわからなかったけれど、訊き返すタイミングを逸してしまった。

「少し協力してもらってもいいか？」

「もちろん」

何をすればいいのだろうかと思っていると、足を開かされ、腰を引き寄せられた。

「俯せになって、足を閉じてくれ」

「こうでいいのか？」

何をするのか見当もつかないまま、云うとおりにする。腹の下に枕を入れられたかと思うと、ぴったりと閉じた腿の間にグレンの屹立が押し込まれた。

「……っ⁉」

擬似的な挿入行為をするのだとわかり、ごくりと喉を鳴らす。グレンは蛍を初めて抱いたときと同じように、腰を送り込んできた。

「ちょっ、待っ……」

これはいわゆる素股というやつだろう。性的な経験が浅くても、それなりの知識はある。

「あ…っ、や、あ……っ」

内腿を出入りする猛《たけ》った屹立の感触に興奮してきてしまう。挿入するよりかなり負担は軽いが、これはこれでもどかしい。

（どうしよう）

グレンが気を遣ってくれたのに、触れられてもいない場所まで疼いてくる。人間は一度覚えた快感は忘れられないものなのかもしれない。

「はっ、あ、んん……っ」

蛍の昂りは再びがちがちに張り詰めていた。むしろ、さっき以上に切羽詰まっている。ほんの少し刺激を与えられれば、呆気なく爆ぜてしまうだろう。

体の疼きが限界に近づいてきた。もうこれ以上は我慢できない。

「待って、グレン……っ」

「こんな状態で待てというのか？」

「ちが……っ」

誤解を解こうと頭を振る。しかし、はっきりと言葉にはしづらく云い澱《よど》んでしまう。

「すぐ終わらせるから我慢してくれ」

「そ…じゃなくて、それ、もうやだ……っ」

「そんなに嫌か？」

「じゃなくて……っ、ちゃんと、して欲しい……」

欲しがってばかりの自分を認めるのは恥ずかしいけれど、こんな状態のままでは辛い。蛍は羞恥心を押し殺して訴えた。

「グレンの、入れて」

いまにも消え入りそうな声で告げる。

「それは――あとが辛いだろう？」

「いいから……っ」

あとのことよりも、いまはこの辛さから逃れたくて堪らなかった。

「――わかった。準備するから少し待て」

足の間から屹立を抜かれ、体を返される。そのとき、ベッドサイドにあるものに気がついた。

「多分、それ、ローションだと思う」

「ろーしょん？」

「その……入れるところを慣らしたりするやつ……」

セックスはいいけれど、あそこを舐められるのだけは恥ずかしさで死にそうになる。代替品があれば、回避できるのではないかと思ったのだ。

「なるほど。潤滑油の代わりか」

グレンはアルミパウチの封を切ってとろりとした液体を指で掬い取ると、蛍の窄《すぼ》まりに塗りつける。そして、残りを自身に塗りつけた。

「早く」

指で解《ほぐ》そうとするグレンを急《せ》かす。いますぐにも欲しくて堪らない。

「いや、しかし」

「グレンだって辛いだろ？」

これ以上は我慢できない。

「キツくても知らないぞ」

足を深く折り曲げられ、屹立の先端を押し当てられる。まだ狭いそこへと押し込まれ、圧迫感に歯を食い縛った。

「ん……っ」

苦しいけれど、ローションのお陰で痛みは少ない。浅い呼吸を繰り返していたら、腰を摑んで勢いよく引き寄せられた。

「――!?」

最後は一息に押し込まれた衝撃に、蛍のそれは軽く爆ぜてしまった。

ものすごく熱くて大きいものが、いま蛍の中にある。痛くて、キツくて、苦しい。だけど、求めていたものが与えられ、蛍の体は満たされていた。

「苦しくないか？」

「だから、早く動けって……！」

蛍が慣れるのを待っていてくれているのだろうが、焦《じ》らされているも同然だ。これ以上お預けを食らったら、頭がどうにかなってしまいそうだった。

「ケイはせっかちだな」

苦笑いと共に、強く突き上げられる。

「うあ……っ」

内壁が欲望の切っ先で抉《えぐ》られ、びくっと体が反応する。グレンは蛍の腰を再び掴み、一旦体を引くと、再び勢いよく穿つ。

体の内側を擦られる感覚に、快感に尾てい骨が痺れる。受け入れるには大きすぎるそれに穿たれるたびに、蛍の屹立の先からは体液が溢れ出した。

「あっ、あ、あん」

透明のそれは反り返った昂りを伝い落ち、繋がり合った根元を濡らす。滴り落ちた体液とローションが混じり合い、皮膚がぶつかり合うたびに濡れた音を立てた。

「そんなに締めつけるな」

「俺の、せいじゃ……っあ、あ！」

昂りを呑み込んだそこの狭さを思い知らせるかのように、体の中を乱暴に掻き回される。

どうにか緩めようと努めるけれど、物欲しげにひくつくばかりで自分ではどうにもできなかった。

「あっあ、ア、んんー……っ」

何度も抉るように突かれたあと、腰を摑み直され、勢いよく引き寄せられる。内壁を擦り上げられる衝撃に声にならない声が出た。

そのまま、下半身が浮き上がった状態で力任せに腰を揺さぶられ、シーツの上を浮き上がった体が泳ぐ。

「……レン、グレン……っ」

蛍は心許なさに腕を伸ばす。名前を呼んだだけだったけれど、蛍の心を読んだみたいに抱きしめてくれた。

「ケイ」

「んぅ……っ、んん」

視線が絡み合い、当たり前のように口づけを交わす。縋りつき、舌を絡め、全身でグレンを感じた。

激しさを増す律動に振り落とされないよう、爪を立ててグレンの背中にしがみつく。

「あっ、あ、あ、あ――」

頭の中が真っ白になった直後、深く穿たれたその奥に欲望の証《あかし》を注ぎ込まれた。

次の瞬間、カッと体が熱くなる。まるで強い酒を一気飲みしたときのような感覚だったけれど、そのあとに続く昂揚《こうよう》はまるで違う。

もっと訴える必要もなく、視線を絡ませるだけでお互いの求めているものがわかった。

「…………」

またやってしまった。目が覚めた瞬間、後悔がどっと押し寄せてきた。

いま目が覚めたということは意識を失っていたということだ。時計を見ると、図書館はとうに閉館している時間だった。

こんなことなら、あのままベンチで休んでいたほうがよかったのではないだろうか。

(何やってんだ、俺は……)

正直、すごくよかった。グレンとのセックスは最高に気持ちよかったけれど、いまは快感に溺れている場合ではない。

ただ、すればするほどグレンは元気になっていっている気がする。

触れ合うことで魔力はそれぞれの体を行き来できる、らしい。とくに粘膜同士での接触が効率がいいということは、セックスはかなり効果的なのだろう。

その証拠に事後はいつにない疲労感がある。普通にしても疲れはすると思うが、ふわふわとした気怠さはかなりの魔力をグレンに持っていかれたせいではないだろうか。

そういえば、グレンはどうしているのだろう。気になって、体を起こして室内を探す。ベッドにはおらず、ソファにも座っていない。

ふと見ると、ガラス張りの浴室が湯気で曇っていることに気がついた。その中に人影が動いていることに気づく。

「……何やってんだ？」

「起きたか、ケイ」

「風呂《ふろ》入ってたのか？」

「ああ」

「よく使い方わかったな」

「ケイの家のものと仕組みは同じだったからな。それにしても、この建物は面白いな。風呂の天井に鏡が張られていたぞ。それにどうして寝室から見えるようになってるんだ？」

「さ、さあ？　湯あたりして倒れたときにすぐわかるようにじゃないか？」

多分、ムードを高めるためだろうとは思うのだが、深くツッコまれても困るためてきとうな返事をした。

「ああ、そうだ。さっき、電話というやつが鳴っていたから出ておいたぞ」

グレンがそう報告する。電話の音にすら気づかず眠り込んでいたらしい。

「何て云われた!?」

「よくわからんが、時間を延ばすかと訊かれたから頼むと云っておいた」

こちらの文化に慣れていないはずのグレンのほうが堂々としていることに複雑な気持ちになる。踏んだ場数の違いだろうか。

そういえば、入るときは切羽詰まっていたから周りが気にならなかったけれど、どんな顔で出ればいいのだろうか。

正気に戻った蛍は、今更な不安を抱える。決して悪いことをしているわけではないのだから、堂々と出入りすればいいのだがどうにも恥ずかしい。

「ケイ、これは押してもいいのか？」

「た、多分」

蛍が頭を抱えている間も、グレンは楽しげに室内を探索している。どこに連れていっても興味津々なのはいいが、蛍もラブホテルに入るのは初めてだ。

別に隠すことではないのだが、見栄《みえ》を張りたくなってしまう。

「これは何だ？　さっきのろーしょんとやらとは違うようだが」

「ん？　ああ、それはコンドームって云って――」

説明のために口にしようとした自分の言葉に、ふと今更なことに気がついた。

避妊具を着けてもらえばよかったのではないだろうか。そうしたら、あそこまでの醜態を晒さずにすんだ気がする。

「どうかしたのか？」

「な、何でもない」

改めて使用方法をグレンに話すのは気恥ずかしくて、ついごまかしてしまった。とにかく、さっさと着替えて帰らなくては。

「そうだ、さっき風呂を入れておいたぞ。汗を掻いただろうから、入ってくるといい」

「ありがと……って、あそこに入るのか!?」

グレンの云うとおり、ベッドから浴室の中が丸見えだ。お互い裸を晒し合っているとは云え、かなり抵抗がある。

(温泉ならともかく……)

見世物みたいにして入る気にはなれない。しかし、グレンの厚意を無碍にするわけにもいかず、この難題をどう凌《しの》ぐか頭を抱えるのだった。

4

「……くん？　秦野くん！　ちょっと聞いてる？」

「え、あ、はい！　聞いてます！」

何度目かの呼びかけに我に返り、反射的に返事をする。勤務中だというのに、完全に意識が飛んでいた。

声をかけてきた同僚の鶴橋《つるはし》の様子を窺うと、胡乱《うろん》な眼差しをこちらに向けていた。

「いまのは絶対聞いてなかったでしょ」

「す、すみません……」

鶴橋に指摘されて小さくなる。睡眠不足のときでも滅多にＰＣの前で意識が飛ぶことはないのだが、今日は朝からぼんやりしてしまっていた。

心ここにあらず、という言葉があるがまさにそんな状態だ。明らかに腑抜《ふぬ》けている蛍に、鶴橋は呆れ混じりのため息を吐く。

「秦野くんがぼんやりしてるなんて珍しいね」

「本当にすみません……」

何故なら、気を抜くとグレンのことばかり考えてしまっているからだ。

いま蛍の頭を悩ませている問題がいくつかある。

第一にグレンを元の世界に返す手段だ。いまのところ、その糸口すら掴めていない。グレンがこちらに来て三日と経ってないけれど、戻れるのなら早いほうがいいはずだ。

第二にこれからの生活をどうするか、ということだ。

グレンを元の世界に帰す方法がすぐにわかればいいけれど、そうでなければこちらで生活していくことを考えなくてはならない。

蛍の家は広く、寝泊まりするぶんには充分だし、彼一人くらい養うのは問題ない。

仔猫《こねこ》のように甲斐甲斐《かいがい》しく世話をしなければならないというわけではないけれど、文化のまるで違う世界に飛ばされてきたグレンを放っておくのは心配だった。

しかし、蛍が仕事で家を空けている間、ただ家で留守番させておくわけにはいかない。グレンにとってそんな生活は息苦しいはずだ。

体調が悪くなったりしたら、病院に行く必要が出てくることもあるはずだ。だけど、保険証はもちろんのこと、戸籍もなければ身分を証明するものもない。どんなに環境や人間関係に馴染んだところで、行政上の問題を解決するのは簡単なことではないだろう。

祖父は戦後のどさくさで戸籍を買ったと云っていたが、現代では考えられないことだ。

もしかしたら、アンダーグラウンドなどこかで頼めば可能かもしれない。だけど、普通に生きてきた蛍にはそんな伝手《つて》があるはずもなかった。

(祖父さんが生きてたらなぁ……)

八方塞がりの中、唯一の救いはグレン自身が前向きなことだ。

不安はあるだろうし、故郷が恋しいだろうに、なるようにしかならないだろう、と落ち込む様子を蛍には見せようとはしない。

「今月は死ぬほど忙しかったもんね。週末はちゃんと休めた？」

「ええ、まあ……」

作り笑いでごまかしたけれど、はっきり云って休めていない。体力は使い果たしたと云っても過言ではないかもしれない。

第三にして最大に蛍を悩ませているのは、グレンとの肉体関係についてだ。

(俺、完全に色ボケしてるよな……)

体に残る感触を忘れられず、気を抜くとそのことばかり考えてしまう。自分がこんなにも欲望に弱かったとは、この歳になるまで知るよしもなかった。

急を要したからと云ってラブホテルに入ったのは間違いだった。

問題が片づいたらすぐに出るつもりだったのに結局延長することになり、帰宅したのはすっかり日が暮れてからだ。

自分の性欲のベクトルが同性を向いていたのか、それともグレンだから特別なのかはわからないけれど、グレンとの行為は嫌ではない。むしろ、病みつきになってしまっている。

体液が催淫剤《さいいんざい》の役目を果たしているのだとしても、それ以上にグレンに抱かれる快感に病みつきになっているように思える。

年齢イコール童貞歴だった蛍にとって比べる相手はいないけれど、世の中の人たちはああいうことをしたあと平然と生活できているのだろうか。

恋人ができる前にセックスを経験し、その行為にハマってしまうなんて自分でも信じられなかった。

「でも、隈《くま》は消えてないのに羨ましいくらいに肌つやはいいわよね」

「え、そうですか？」

反射的に自分の頬に触れる。普段、肌の調子などろくに気にしていないから自分ではよくわからないが、まじまじと観察されるのは居たたまれない。

「何か特別なことしてる？　化粧水とか乳液とか」

「いえ、別に何も……」

ストレスが最高潮で湿疹が酷かったときは皮膚科に行った。しばらくはそこでもらったローションをつけていたけれど、それが空になってからは使っていない。

（そういえば、グレンの肌ってつやつやだよな）

張りのある小麦色の肌はまるで鞣した革のような滑らかさで、触れるのも触れられるのも気持ちがいい。

そう考えて、ふと疑問が浮かんだ。果たして、グレンにとって蛍の触り心地はどうなのだろうか。

肌はまあ普通だろうが、幅も厚みもなく薄っぺらい体は触り甲斐があるとは思えない。

不規則な生活の中、太らないようにすることだけは気をつけていたけれど、ただ細いだけで不健康だ。

「じゃあ、いいもの食べた？」

「久々に自炊しましたけど、別に大したものは……」

昨日、一昨日《おととい》の夕食は生姜《しょうが》焼きと焼き魚。定番中の定番だ。栄養バランスは悪くないとは思うけれど、特別肌にいいというわけではない。

「それじゃあ、若さの賜物ってことかしらね。ホント恨めしい」

「ん？」

「間違えた。羨ましい、だったわ」

鶴橋の口から本音が漏れた気がしたが、追及するのはやめた。女性相手に余計なことを云っても墓穴を掘るだけだ。

「まあ、山場は越えたから、来月は少しのんびりできるでしょ。詳しいことはメールに書いておいたから、それ見て確認しといて」

「わかりました」

「そうそう、部長からみんなへの差し入れ。これ飲んで頑張って！」

差し出された栄養ドリンクを受け取る。温くなりかけた栄養ドリンクを一気に飲み干し、頭を仕事モードに切り替えた。


会社の近くの公園で弁当を食べたあと、コーヒーを買って職場へと戻る。最近はコンビニか牛丼屋で昼をすませることが多かったから、久々の弁当だった。

卵焼きにウインナー、アスパラのベーコン巻き。昨夜、多めに焼いておいた鮭《さけ》は解してご飯の上に載せてきた。

弁当を作ってきたのは、グレンにお昼を作り置いてきたついでだ。彼のぶんは食べやすいようにおにぎりにしておいた。

いま頃、食べてくれているだろうか。自分以外の誰かのために食事を作るのは、グレンが久々だ。食べてくれるひとがいると張り合いがある。

我ながらどうかと思うのだが、寺内と顔を合わせるまで先週の倉庫でのできごとはすっかり忘れていた。

あんなふうに襲われかけたことはショックだったが、グレンのことで頭がいっぱいで落ち込んだり不安になったりする余裕もなかった。

むしろ、彼のほうが気まずいらしく、蛍の顔を見るなり恨めしげな眼差しで睨みつけてきたあと、フロアから出て行った。その後、長い煙草《たばこ》休憩からなかなか戻らず、上司が探していた。

『おはようございます』と蛍から平然と挨拶したことが、逆に彼のプライドを傷つけたのかもしれない。

寺内の発言も行為も不快で許しがたいものだったけれど、結果的には『未遂』に終わった。ここで会社に報告したところで彼が処分されることはないだろう。

これまでだって女子社員へのセクハラ行為を訴えられても、注意だけで終わっている。

一つ心配なのはグレンのことだ。部外者が社内にいた理由を訊かれても、蛍には答えようがない。あのときの状況を正直に説明しても、頭がおかしいと思われるのがオチだ。

（呼んだのは俺だけど、招き入れたわけじゃないしな……）

もし蛍が咎《とが》められることになったら、迷子がいたから案内したと云い張るしかないだろう。

防犯カメラなどを調べても、どこから入ってきたかわからないのだから有耶無耶《うやむや》にして乗り切るのが一番だ。

「ん？」

職場に戻ると、珍しくざわついていた。普段はそれぞれの仕事に没頭しているし、私語も左程ない。観察してみると、部長のデスクの周りがとくにばたばたとしていた。

自分の席に行くには、その前を通らなくてはならない。こんな状況で無神経に通りすぎるわけにもいかず、他の社員たちと共に立ち尽くす。

「あの、どうかしたんですか？」

とりあえず事情を把握しようと、近くにいた同僚に声を潜《ひそ》めて問いかける。

「何かね、部長のデスクにあった大事な書類がないみたいなの」

「書類？」

「ランチに出る前にはあったものがなくなってるみたい。どこかに紛れてないか探してるんだけど……」

部長の決済を得るのは最後だ。その前の段階で他の書類に埋もれてしまうことはあるかもしれないが、一旦提出されたものがなくなることは普通考えられない。

こんなとき、グレンの魔法があれば一発で見つかるのにと思ってしまう。

（ん？）

ざわりと皮膚が嫌な感じにざわめいた。視線を感じて顔を上げると、ニヤニヤとしている寺内と目が合った。不快さに鳥肌が立つ。

反射的に視線を逸らした蛍は、ふと嫌な可能性に思い至った。書類を隠したのは寺内で、蛍に濡《ぬ》れ衣《ぎぬ》を着せようとしているのではないだろうか。

（まさかな――）

そんな子供じみた嫌がらせをいい大人がするはずがない。さすがに悪く勘ぐりすぎだと思い直すけれど、完全には否定しきれなかった。

「部長、全員の机を調べてみたらどうですか？　そのほうが早いと思いますけど」

「全員は必要ないだろう？」

「昼休みに入る前はあったんですよね？　だったら、最後まで残ってた奴が怪しいんじゃないですか？」

「寺内は誰かが故意に隠したと思っているのか？」

「その可能性もなくはないですよね」

そう云いながら、尚もニヤニヤと蛍を見つめてくる。

このままでは罪を着せられてしまいかねない。しかし、ここで寺内が犯人だと云っても蛍が怪しまれるだけだ。蛍は腹立たしさを堪えながら寺内を睨み返した。

あの様子から察するに、書類は蛍の机に隠したのだろう。浅はかで馬鹿馬鹿しい嫌がらせにうんざりとしたため息が出る。

「最後まで残ってたのは誰だ？」

「――多分、俺です」

ヘンに炙《あぶ》り出されるよりはと、自ら挙手をする。朝、ぼんやりとしていたぶんを巻き返そうと集中していたら、誰もいなくなっていたのだ。

「秦野か。そのとき、何か変わったことはなかったか？」

「とくにはなかったと思います」

「へえ、本当に？」

ねっとりとした口調で、寺内が口を挟んでくる。何を云い出すつもりなのかと思わず凝視する。そんなにお喋りがしたいなら、自分の犯行を自供すればいい。そんな気持ちで睨みつけると、寺内はぺらぺらと心の声を口にし始めた。

「ざまぁみろ、俺に反抗するから痛い目に遭うんだよ。俺はアリバイ作っといたから安全だしな。とっとと秦野のデスク調べてみろよ、ハゲ部長。書類なんてすぐに見つかるんだから」

突然の告白に、フロア中の視線が寺内に集まった。皆、信じられないものを見るかのような顔をしている。

とくにただの嫌がらせで業務を邪魔された挙げ句、コンプレックスを揶揄された部長は怒りで真っ赤になっていた。

後頭部が薄くなっているのを髪型で隠そうとしていることを社員なら誰でも知っている。

「何だ？　俺に指示もらわないと動けねー奴らばっかなのかよ。相変わらず、無能な集団だよな。部長、早く調べて片づけちゃいましょうよ」

「……そうだな。自ら自供してくれたんだから、さっさと片をつけるべきだな」

「そうですよ、さすが部長。判断が早いですね！」

寺内はまだ心の声を吐露してしまった自覚がないようだ。頭に浮かんだことを区別せずに、何もかも口にしている様子だ。

（もしかして、俺の力のせいか……？）

この寺内の自白は、蛍の力に寄るものではないだろうか。生き物に云うことを聞かせられるということは、人間も不可能ではないということだ。

自白しろと思いながら寺内を睨んだだけだが、絶大な効果を発揮してしまったようだ。

「あれ？　みんなどうしたんだ？　ヘンな顔して……」

ようやく、自分がフロアにいる全員に白い目で見られていることに気づいた寺内は周囲を見回す。

誰が見ても異様な光景だった。

「な、何だよ！　示し合わせてドッキリとかそういうやつだろ？　さっさとネタばらししちまえよ！」

喋れば喋るほど、寺内の滑稽さは増していく。彼の近くにいた年上の男性社員が、恐る恐る声をかけた。

「なあ、寺内、お前大丈夫か……？」

「何がっすか？」

「いや、いまのって冗談か何かだよな……？」

遠回しに確認するけれど、云われている意味がわからないようだ。

「へ？　いま、俺何云いました？」

逆に問い返された社員は周りと顔を見合わせたあと、歯切れ悪く寺内の発言内容を告げた。

「秦野のデスクに書類を隠したって、自分はアリバイ作ってあるから安全だって、たったいま自分で云っただろ……？」

「はあ？　俺が!?」

驚きで寺内の声がひっくり返っている。これが演技なら、大した役者だ。そこへこめかみに青筋を

!!
ドキ
ドキ

立てた部長が参戦してくる。

「そうだ。ついでに俺のことをハゲ部長と云ってたな」

「いやいやいや！　俺がまさかそんなこと——云ったのか？」

自分の言動が信じられないようで否定するけれど、周囲の反応に疑いを持ち始めていた。

問われた社員は、気まずそうに頷いた。それを見た寺内は最初に真っ赤になったあと、次に真っ青になり云い訳を始める。

「部長、何かの誤解です！　俺はそんなつもりで云ったわけじゃないんです！」

「何がそんなつもりで、何が誤解なんだ？」

「いや、だから俺は悪くないですから！　全部秦野が悪いんですよ！　そいつのデスクの引き出しを早く調べて下さいって」

悪巧みを吐いたあとでは、蛍のデスクから書類が見つかったところで意味はないということをわかっていないのだろうか。

「そうだな。秦野、引き出しの中を見せてもらっていいか？」

「ど、どうぞ」

部長が蛍に断りを入れてデスクを調べ始める。引き出しを上から順に開けていくと、一番下の奥から探していた書類が見つかった。

「ほら見ろ！　そいつの机から見つかったってことは、そいつが犯人だってことだろ！」

寺内はテンション高く吠《ほ》えるけれど、誰も相手をしようとはしない。書類を手に、部長が蛍に訊ねてくる。

「秦野はこれに触った？」

「い、いえ、指一本触れてません」

蛍は首を横に振る。

「それじゃあ、これには君の指紋はついていないってことだね」

「はい、そのはずです」

「寺内はどうだ？　これに触った？」

「俺は関係ねーよ！　秦野が隠したのを見てただけだって！　指紋だって、手袋か何かしてりゃつかねーだろ!!」

「見ていたなら、どうしてそのときに指摘しなかったんだ？」

「それは……っ」

言葉を重ねれば重ねるほど、ボロが出てくる。こうなったら素直に謝罪をしたほうがいいと思うのだが、往生際が悪い。

「寺内、別室で話を聞かせてもらってもいいかな？」

いつもは事なかれ主義で面倒ごとには関わろうとしない部長だが、今日はさすがに見逃せないらしい。

「あ、いや、俺は今日大事な仕事がありまして……」

「それはあとにしてくれてかまわない。弁解があるなら、別室で聞こう」

「弁解って……全部、あいつが悪いんだよ！」

寺内はそう云って、蛍を指さしてくる。

「その話もあとで聞こう。さあ、行くぞ」

「くそっ、覚えてろよ！」

寺内は蛍に恨みがましい目を向け、往生際悪く叫びながらフロアを出ていった。

騒ぎの元がいなくなり、張り詰めた空気がほっと緩む。蛍もようやく肩から力を抜くことができた。

（……でも、俺のせいかも）

自分が逆恨みを買ったせいで、部署の皆に迷惑をかけることになってしまった。許してはもらえないかもしれないが、一言だけでも謝っておきたかった。

「あの――」

「大丈夫か、秦野」

「災難だったな」

「え……？」

職場の人たちが口々に慰めの言葉をかけてくれる。

「俺のこと、信じてくれるんですか？」

「当たり前でしょ。秦野くんはそんなことする人じゃないってみんなわかってるから。そもそも、書類なんか隠して得なんかする人いないでしょ？」

「まあ、そうですね」

「仕事ができないのは仕方ないけど、ああやって足引っ張ろうとするのはさすがにないよね」

「あんな子供じみた嫌がらせ、逆によく思いつくよな」

今回は物理的に書類を隠されていたけれど、データ上で悪意のある改竄《かいざん》などをされていたら、すぐに気づけずに問題が大きくなっていたかもしれない。寺内が単純なタイプで助かった。

「クビにならなくても、せめて異動になってくれるといいんだがな」

「あの人が後ろ通るたびにビクビクするの本当に嫌」

同僚たちの口から不満が溢れ出す。彼の横暴ぶりに辟易していたのは、蛍だけではなかったようだ。

「まあまあ、落ち着いて。いくらコネ入社って云っても、今回はさすがにペナルティあるんじゃないかな」

「コネ入社だったんですか」

驚きの声を上げた蛍に、情報通の同僚が彼の素性を説明してくれる。

「取引先の社長の息子だったかな？　彼の父親がうちの会長のゴルフ仲間だって云ってた気がするけど。子供の頃から可愛がってもらってたとか何とか」

「そうだったんですね……」

寺内がやけに大きな顔をしていた理由が判明した。コネ入社だろうが真面目に働いている人はたくさんいるはずだが、図に乗ろうと思えばいくらでも乗れてしまう。

「彼への苦情は会長の耳に届いていなかったのかもしれないけど、この件で報告が上がるといいな」

「そうですね」

寺内は上司にゴマを擦るのは上手いし、人の手柄に乗っかるのも得意だった。さっきのような失態がなければ、この先もずっとそうやって世間を渡っていけただろう。

「それにしても、いきなり自白し出したからビックリしたな」

先輩の言葉にぎくりとする。彼が不自然な行動を取ったのは、蛍のせいだったとは誰も思わないだろうが何となく後ろめたかった。

「独り言のつもりだったみたいですけど、ちょっと声大きすぎですよねえ」

「ははは……」

同意を求められて、苦笑いを返す。

「ほら、みんな仕事仕事！　昼休みはとっくに終わってるからね！」

チーフの言葉にそれぞれのデスクに戻っていった。


「ただいまー」

遅くまで開いているスーパーマーケットに寄って惣菜《そうざい》を仕入れてから帰宅した。本当ならもっと早く帰りたかったのだが、寺内の起こしたトラブルのせいで残業は避けられなかった。

「おかえり、ケイ」

「遅くなってごめん。いま食事の支度するから……って、どうしたんだこれ？」

台所に行くと、見覚えのない食べ物がたくさんあった。タッパーに詰められたおかずのお裾分けや、果物が食卓に載っている。

「親切な女性にいただいた」

「女性って……？」

「そこの道を真《ま》っ直《す》ぐ行ったところにある家の住人だ」

「もしかして、楠田《くすだ》さん？」

「そんな名前だったような気もする」

彼女は数少なくなった近所の住人だ。

蛍が生まれる前からこの町に住んでいて、家族ぐるみのつき合いをしていた。ご主人はすでに亡く、北海道《ほっかいどう》に嫁いでいった長女は年末年始に帰省してくる。

出勤のときに顔を合わせると、いつも「いってらっしゃい」と声をかけてくれる。

「昼間、この近くを散歩していたんだが——」

「ちょっと待て！　一人で出歩いて大丈夫だったのか!?」

「心配するな。目立つようなことはしていない」

「…………」

グレンの堂々とした物云いに、反論すべきか悩む。黙っていても目立つのだが、本人にそんなことを指摘したところでどうしようもない。

「もちろん、魔法も使っていないからな。あちこち散策していたら声をかけられたんだ。迷子かと思われたようだ」

この目立つ容姿でふらふらとしていたら、不審に思って当然だろう。それでも警戒されなかったのは彼の美貌と気さくな性格故だろう。

「それで、グレンは何て云ったんだ？」

「ケイの家で世話になっている者だと云った。間違っていないだろう？」

「それでどうしてこうなったんだ？」

厚意はありがたいが、経緯がよくわからない。

「お茶に招かれてな。ケイがちゃんと食べているか心配していた。帰りが遅いときは食べない日もあるらしいと話したら、わざわざ持ってきてくれたんだ」

「参ったな……」

オムツをしていた頃から知られている相手だ。楠田の中では蛍はまだまだ頼りない子供のままなのかもしれない。

いい加減な生活ぶりを知られたのは気まずいが、お裾分け自体はありがたい。

「明日、お礼を云っておくよ。ありがたくいただこう。いま食事の準備するな」

惣菜を買ってきたけれど、せっかくだからと楠田が持ってきてくれたものを先に食べることにした。ご飯はタイマーで炊いておいたから、味噌《みそ》汁だけ作ればいい。

「ケイも何か持って帰ってきたんじゃないのか？」

「あー、うん。でも、こっちのほうが美味しそうだし」

味噌汁だけ手早く作り、タッパーに入っていたものを器によそう。楠田が持ってきてくれたポテトサラダに牛肉のしぐれ煮、つやつやとした出汁《だし》巻き卵、どれも食欲を誘う。

「それも美味そうだ。食べてもいいか？」

「食べすぎて気持ち悪くなっても知らないよ」

そう云いつつも、食べたいと云ってくれたのは嬉しかった。

電子レンジの使い方をマスターしたグレンに惣菜の温めを頼み、蛍は味噌汁を作る。体の大きなグレンと共に立っていると、台所が手狭に感じる。

お互いを避けながらの作業に家族がいた頃のことを懐かしく思い出した。

「じゃ、食べよっか」

お互いにいただきますと云って、箸《はし》を手に取る。向こうの世界にも同じような食器があるようで、グレンの箸使いは綺麗だった。

「ケイの作ってくれた卵焼きも美味かったが、これも美味いな」

「味つけがちょっと違うね」

楠田の家の卵焼きは甘口のようだ。出汁がふんわりと利いていて、旅館で出てくる出汁巻き卵のようだ。

グレンはずいぶん空腹なようで、もくもくと食卓の上のものを平らげていく。待たせすぎてしまったことを反省した。

「ごめんな、帰りが遅くて」

「気にするな、仕事なのだから仕方ない」

「明日からは先に食べられるように用意してくな」

「ケイの帰りを待っていてはダメか？　どんなに美味い食事でも、一人で食べるより二人で食べたほうが美味いだろう？」

「グレンのお腹が大丈夫ならいいんだけど……」

「竜人は数日飲まず食わずでも生命活動に支障はない。数時間なんて待った内に入らない」

「そうなんだ。まあ、俺も一人のときは面倒でよく夕飯食べないこともあったけど」

「だからそんなに細いのか。ケイはもっと食べたほうがいい」

「こっちでは俺は標準体型だよ」

グレンの一族は皆ムキムキのようだが、蛍はただの日本人サラリーマンだ。

「脇腹を触ると骨の形がわかるぞ？」

「……っ」

何気ない発言に、あらぬ記憶が甦ってくる。脇腹を撫で上げられたときの感触を忘れようと、口の中に押し込んだ卵焼きの味に集中した。

「脂肪をつけろと云っているわけではない。魔術の修行と共に肉体の鍛錬もやってみないか？」

「き、気が向いたらね」

運動は基本的に苦手だ。ラジオ体操くらいならいいが、走ったり動いたりする気にはなれない。

「まずはもっと肉を食べることだな。そうだ、明日は俺が手料理を振る舞おう」

「グレンって料理できるの⁉」

「知っている食材と似てるものを使えば可能だろう。楽しみにしていてくれ。その資金はケイに出してもらわなければならないがな」

無一文なことを気にしていたとは意外だった。むこうの料理も気になるが、それ以上にグレンの手料理を食べてみたい。

「そういえば、今日は会社で大変だったんだ」

「またあの男が悪さをしたのか？」

何気なく告げた言葉に、グレンの声が険しくなる。誤解を生んでいることに気づいて、慌てて訂正する。

「そういうのとは違うから大丈夫！　あ、いや、違わないかな……？」

襲われそうになったりしたわけではないが、『悪さ』と云えなくもない。

「一体、どっちなんだ？」

「何かさ、先週のことを逆恨みしてるみたいで、俺に嫌がらせしようとしてきたんだよ。結局、未遂に終わったけど」

「ほう？」

「何か企《たくら》んでる様子で俺のほうを見てくるから、睨み返してやったんだ。自白しろって思いながら。そうしたら、自分でべらべら悪巧みの内容を話し始めてさ。それってもしかして、俺の力のせいだったりする？」

「そうだろうな。その場にいなかったから確かなことは云えないが、ケイの術が効いたんだろう」

「やっぱり、そうだったんだ……」

あのときの不自然さは名状しがたい。寺内だけが嬉々《きき》として自分のしたことを吹聴《ふいちょう》している様子は、ある種異様だった。

「昨日の練習が功を奏したな」

「グレンのお陰だって。力の使い方を教えてくれたからだよ。あ、これも食べていいよ」

魔力がどんなものなのか蛍にはまだ理解が及ばないことが多いけれど、自分の身を守ることができたのは基礎を教えてくれたグレンのお陰だ。

「いいのか？　ありがとう。俺もその場で見ていたかった」

グレンがあの場にいたら、蛍の力が作用する前に寺内に対して手が出ていそうだ。

「ははは……。けど、あんなにあっさり喋るなんて思わなかったからびっくりした。もちろん、やるつもりはないけど、他の人にもあんなふうに喋らせることができるのか？」

「相手に寄るな。あの男は、元々口の軽い奴だったんだろう。きっと、自分のしたことを吹聴したくて仕方なかったんじゃないか？」

「それはあるかも」

普段から過去の武勇伝という名の違法行為を自慢げに話している。蛍が犯人として晒し上げられたあと、酒の肴《さかな》にでもするつもりだったのだろう。

「理性が強く、複雑に思考が絡み合っている人間は操りにくい。反対に欲望に弱く、単純な人間は比較的簡単なようだ。尚且《か》つ、命じることが欲望に近いものだとより術がかかりやすい」

「なるほど……」

寺内は自分の欲望を最優先させる人間だ。理性が強いようには到底見えない。グレンの云うとおり、術をかけやすいタイプだったのかもしれない。

「以前から、あの男はケイに執着していたんだろう？　歪《ゆが》んだ好意は悪意に変わりやすいからな」

「あいつから好意みたいなものを感じたことは一度もないけど」

初対面のときから、嫌みたっぷりの感じの悪い男だった。

「好意の発露の仕方は様々だからな。例えば、誰もが美しいと感じる宝石があったとする。ただ眺めていたいと思う者もいるだろうし、大勢に見せびらかしたいと思う者もいるだろう。誰かに奪われる前に壊してしまおうと考える者もいるかもしれない」

「…………」

グレンの喩え話で何となく理解できた。確かに世の中には気に入ったものや相手を大事にしようという考えを持たない者もいる。

例えば好きな相手に対して、素直に好意を示せず意地悪をしてしまうような人間は珍しくない。感情表現の未熟な子供の頃なら許容されるかもしれないが、人の気持ちを慮《おもんぱか》れる年齢になってもそのような行動を取るのは未成熟な証拠か、性格が悪いかのどちらかだ。

「使役の術が使えるケイの場合、無意識に感情を増幅させてしまう可能性もある。だから、魔力を制御できるようになることが大事なんだ」

「もしかして――」

あの倉庫で襲われそうになったとき、急に寺内の目の色が変わった瞬間があった。あれは彼の欲望を蛍が増幅させてしまった結果なのではないだろうか。

「じゃあ……全部俺のせいだったんだ……」

「ケイが悪いわけではない。感情の種がなければ、本来なら何も起こらない。上手く扱うことが大事だと云っているんだ。これからもっと扱い方を学んでいけばいい。それに、いまは俺がいるだろう？　俺がケイを守ってやる」

「ありがとう、グレン。でも、自分の身は自分で守れるようになりたい」

「だったら、やはり鍛錬あるのみだな。明日から一緒に走ることから始めよう」

「明日から!?　わ、わかった……」

墓穴を掘ってしまったようだ。運動、とくに走ることは苦手だ。数秒前の自分の発言を後悔するも、今更引き下がれない。

「ケイ、それ食べないならもらっていいか？」

「え？　うん、どうぞ」

唐揚げの最後の一つをグレンが口の中に放り込む。気がついたときには、食卓の上のものは綺麗になくなっていた。

「いま、お茶淹《い》れてくるね」

「後片づけは俺がしよう」

慣れた手つきで皿を洗い、次々に水切りに置いていく。

腕を捲り、シンクに大きな体を屈めている様子が何だか可愛くて微笑ましい。グレンの手は蛍のものより一回り大きいのに意外と器用だ。

居間に移動し、食後のお茶を飲みながらテレビをつける。明日の天気予報をチェックするためだ。

『再来週の流星群の日は満月なんですよね？』

『そうなんです。月明かりで見えづらいかもしれませんが、いまのところ晴れの予報ですので、どちらも楽しめるのではないでしょうか』

天気予報士とアナウンサーの会話で、今月末流星群が観測されるらしいことを思い出す。

「流星群なんて久々だな。このへんで見られるかわかんないけど」

「こちらは街が明るいからな」

「山のほうとか行けば、もっとよく見えるんじゃないかな」

昔、祖父と二人で流星群の観測ツアーに行ったことがある。ピークが真夜中だったため、必死に眠らないよう頑張っていたことをよく覚えている。

そのときは一筋の流れ星を確認したところで気が抜けてしまい、気がついたら朝になっていた。

「俺が飛べるようになれば、見えるところまで連れて行ってやれるんだがな」

「空の上で見ると綺麗だろうな」

本来なら、グレンには空を飛ぶ翼があるらしい。あとどのくらいで、魔力が全快になるのだろうか。

「……あれ？　グレンの髪伸びてない？」

ふと、そのときグレンの変化に気がついた。

心なしか襟足の辺りが長くなっている気がする。髪は伸びるものだが、こんな短期間でこの長さになるのは通常ではあり得ない。

「ああ、ケイのお陰で魔力が戻りつつあるからな」

「魔力が戻ると長くなるの⁉」

「全快すれば元の姿を取り戻す。ほら、牙《きば》も伸びてきているだろう？」

唇を指で押し上げて犬歯の部分を見せてくれる。確かに鋭さを増しているように見えた。

「ホントだ……。グレンの本当の姿、早く見てみたいよ」

いま以上にカッコいいらしいが、蛍の貧困な想像力では思い描くのは難しい。

「――それは誘っているのか？」

「へ……？　あっ、いや、そうじゃなくて！」

真顔で訊かれて不可解に思ったけれど、自分の発言を省みて意味深だったことに気がついた。グレンが魔力を早く回復するには蛍の協力が不可欠だ。

手っ取り早い方法はキスをすること。そして、キスをしたあとは決まってセックスをしたくなる。

だからこそ、そういう行為をしようという遠回しの誘いとも解釈できるというわけだ。

グレンとのセックスは魔力を分け与えるための付加的要素だが、決してセックスがしたいから魔力を提供しているわけではない……はずだ。

「無自覚に男を期待させると痛い目に遭うぞ？」

「き、期待って別に俺は……っ」

深い意味はなかったのだが、考えなしな発言だったかもしれない。

そこでふと、疑問が浮かんだ。

魔力の遣り取りにキスは必須だ。だけど、それ以上の行為は副作用に伴うオマケのようなものであって、グレンにとってはやむを得ない行為だったりしないだろうか。

いまの云い方だと、魔力云々を別にして蛍を抱きたいと云っているように聞こえる。

「……ていうか、グレンは、その、俺としたいのか？」

「ああ、抱きたい」

「……ッ」

真顔でそう云い切られ、息を呑む。こういうとき、どういう反応をしたらいいのだろうか。少なくとも、蛍との行為に義務感があるわけではないということはわかった。

(な、何ニヤけてるんだよ！)

自然と口元が緩んでしまいそうになる自分にツッコミを入れる。決して喜んでいるわけではない。

ただ、嫌々ではないとわかってほっとしているだけだ。

「ケイはどうなんだ？」

「お、俺!?」

まさか問い返されるとは思っておらず、思わず声がひっくり返ってしまう。

「責任を感じて魔力を提供してくれているのはわかってる。だが、納得の上で俺に抱かれているのか?」

「納得って……」

「俺ではなく他の誰かがよかったということはないか?」

「そんなの――」

グレンでなければ嫌だと云おうとした自分に気づき、赤面する。それではまるで愛の告白ではないか。

「グレン以外としたことないんだからわかんないよ。けど、別にキスも、それ以外のことも嫌だなんて思ってないから」

他の誰も知らないのだから比べようがないけれど、義務感だけではない。だけど、特別な気持ちがあるわけでもない。そう伝わるよう言葉を選んだ。

自分に云い聞かせる意味もあった。これ以上、グレンを意識せずにすむように。

「だったら、してもいいか?」

「……っ」

この流れでそう訊いてくるのは狡い。ダメだと云えるわけがないではないか。期待に疼く体に気づかないふりをして、素っ気なく答える。

「……キスだけならいいけど」

そう云いながら、キスだけですまないことは自分でもわかっている。それでも大義名分は必要だった。

5

グレンがこちらの世界に来て約一週間。二度目の週末を迎えたいま、彼はかなりこちらの世界に馴染んでいた。

近所の住人にグレンの素性を訊かれたため、知り合いに頼まれて留学生を預かっていると云っておいた。できるだけ怪しまれないようにと神経を使う。

しかし、グレン本人は蛍以外の人間との交流も面白いらしく、積極的に外出するようになった。電車の乗り方を教えてから、ずいぶん行動範囲が広がったようだ。

いまは夕飯の買い出しに行ってもらっている。

家から少し歩いたところに昔ながらの商店街が残っているのだが、最近はそこが気に入っているらしく足繁く通っている。そこの店主たちとは、この短期間ですっかり顔なじみになったようだ。

（グレンなら俺がいなくてもやっていけそうだよな……）

彼の初対面で打ち解ける能力の高さには目を瞠る。

そんなこんなで二人での生活が順調でも、グレンを帰す方法は未だに暗中模索状態だった。

平日の日中は会社があるため、基本的に蛍は動けない。休み時間にインターネットで、グレンがこちらの世界に来たときと似た事象を検索するくらいだ。

その間にグレンが祖父の手記を読み漁《あさ》って手がかりを探し、もしやと思う事柄について蛍がさらに調べる。そんなことを繰り返している。

祖父の手記やスクラップから、世界の裂け目が発生する場所は天体の動きが関係しているらしいということはわかった。

だけど、その発生する場所を特定する方法がわからない。

「なあ、祖父さん。祖父さんも帰り方調べてたんだろ？　何かわかったことなかったの？」

仏壇の水を替えながら、話しかけるように愚痴る。

果たして、祖父はどんな気持ちで生きてきたのだろうか。知らない土地にいきなり放り出されたら、誰だって心細くて堪らないだろう。故郷にはグレンの他にも親しい仲間たちがいたはずだ。

蛍は大きなため息をつき、肩を落とす。

「ていうか、祖父さんにわからなかったものが俺にわかるわけないよな……」

焦りのあまり、気弱になってしまう。

祖父は少年時代にやってきてから米寿を迎えるまで、こちらの世界で生きてきた。それだけの時間をかけても帰ることができなかったのだと考えると不安でしかない。

気持ちを落ち着けようと、蛍は仏壇の前に座る。

蠟燭《ろうそく》に火をつけ、線香の先を翳すと嗅《か》ぎ慣れた香りが漂ってきた。グレンが来るまで、こうやって手を合わせることも多忙さにかまけて疎かになっていた。

一人きりだと、つい日々の生活で手を抜いてしまう。一食くらい抜いても支障はないし、布団もしばらく干していなかった。

グレンがいる生活は、正直云って楽しい。一人きりの生活が長かったせいで、家の中に自分以外の人の気配があることが嬉しいのだ。

ずっと、この生活が続けばいいのにと思ってしまうこともある。だけど、それは蛍の我が侭だ。グレンのためには何が何でも帰る方法を見つけなければならない。

「……よし！」

自分の頬を両手でぱしりと叩き、気合いを入れる。落ち込んでいても何も始まらない。

「そういや、グレン遅いな？」

買い物に出て三時間は経つ。どこで道草を食っているのだろうか。

目立つ容姿の上に人好きするタイプのようで、初めは警戒されても話しているうちにすぐに誰とでも打ち解けている。

どこかでトラブルにでも巻き込まれていたら大変だ。念のため、探しに行ったほうがいいかもしれない。

仏壇の蠟燭の火を消して立ち上がろうとしたとき、思いきり経机《きょうづくえ》に膝をぶつけてしまった。

「いっ……」

蹴り飛ばしてしまった経机が仏壇にぶつかり、線香差《せんこうさし》が落ちてきた。

元々短めの線香はすでに燃え尽きていたけれど、灰が経机に派手に零れてしまう。無残な光景に悪態が口を突いて出る。

「ああもう……！」

ダメなときはダメなことが続くものだ。注意力散漫な自分を内心で詰《なじ》りながら、灰を片づけるために掃除機を取りに行く。

見える範囲の灰は掃除機で概ね吸い取れたが、経机の引き出しの中にも入ってしまったようだ。中のものを出して掃除しないとまずそうだ。

これまで、蛍がこの引き出しを開けたことは一度もない。この中には何が入っているのだろうか。被った灰を払いながら、一つずつ取り出していく。何年前のものかわからないくらい古いマッチにリン棒の予備、お数珠。その下に厚みのある冊子が入っていた。

見たところ、日記帳のようだがハードカバーの表紙には何も書いていない。中を見てみようと思い、手を伸ばす。

「……っ!?」

その表紙に触れた瞬間、何故かざわりと背筋が震えた。

(何だ、いまの……)

普通ではない雰囲気を感じるのは気のせいではなさそうだ。覚悟を決め、再び手を伸ばす。持ち上げてみると、見た目よりずっしりとした重みがあった。

緊張しながら表紙を捲る。記された日付を見ると、書斎で見つけたものの続きのようだった。しかし、毎日続けて書いているわけではなく、数日おきに書かれている時期もあれば、年単位の期間が空いている場合もあった。

蛍の母が生まれてからの雑感、というところだろうか。元の世界への郷愁を抱きながらも、家庭を持ち、この地に身を埋める覚悟を決めたのだということがわかった。

「諦めたわけじゃなかったんだ……」

祖父は愛する人たちとの生活を選んだのだ。一人娘が結婚し、蛍という孫が生まれ、家族が増えていく幸せを噛みしめていたことが伝わってくる。

亡き祖父の想《おも》いを知り、瞳の奥が熱くなった。

潤みそうになる目を瞬き、さらにページを捲る。蛍を心配する旨の文章があった。

自分と同じくらい、もしかしたらそれ以上の魔力を秘めていることが生活していく上で悪影響を及ぼさないかと不安を抱いていたらしい。

生きている間は封印をかけておける。だが、自らの死後のことを考えたら蛍にもコントロールの仕方を教えるべきではないだろうか——そんなふうに悩んでいたようだ。

ページを捲ると、その先は白紙だった。祖父の日記はここでお終《しま》いのようだ。グレンを帰す手がかりがあればと思っていたが、期待外れに終わった。

だけど、期せずして祖父の想いを知ることができた。生きている間にもっと腹を割って話せていればよかったのだろうが、蛍に切り出せなかった気持ちも理解できる。

パタンと日記を閉じた瞬間、何か見えた気がした。

「ん？」

気のせいかと思ったが、念のため再び開いてみる。そして、白紙のページの先も丁寧に一ページずつ捲っていった。

「これって……」

最後から数ページというところに、満月の周期と流星群の観測予定日が書かれていた。

日付の横に『定常群』『周期群』『突発群』という記述があるのだが、『周期群』に強くアンダーラインが引いてある。

それぞれの意味がわからなかったため、スマホで検索してみると毎年同じ時期に出現するものが

『定常群』、数年から数十年おきに活発に出現するものが『周期群』、そして、突然活動するものが『突発群』と呼ばれていることがわかった。

どうやら、異世界への道が開くのは満月と流星群が重なる日ではないかと仮説を立てていたようだ。そして、祖父が導き出した日付が書き記されていた。

それぞれが年単位の間隔で離れており、とっくに過ぎてしまった日付もある。だが、未来の日付もいくつか残っていた。蛍は緊張にごくりと喉を鳴らし、震える指でページを捲る。

「…………」

一番近い日付は約一週間後、来週の金曜日だった。その日を逃すと、次は何年も先になってしまうようだ。このチャンスは絶対に逃すわけにはいかない。

道を開く鍵は祖父の形見のペンダントが使えそうだと書いてあった。向こうの世界のものを触媒にして、道筋をつけるらしい。云うなれば、ナビのようなものだろう。

「あれ……？」

日記帳にぽたりと雫が落ちる。雨漏りはしばらく前に修理したはずだ。それ以前に、今日は雨天ではない。

どこから落ちてきたのかと不思議に思い、目を瞬く。その瞬間、頬を何かが伝っていったことに気がついた。

（俺が泣いてるのか）

これでグレンは元の世界に帰ることができる。

だけど、そのことを心から嬉しいと思えない自分に気がついた。一緒にいたい。離れたくない。子

供じみた感情が込み上げてくる。

見知らぬ世界でこのまま暮らし続けさせるわけにはいかない。そうとわかっていても寂しさは否めなかった。

（――好きだ――）

心の底から溢れてきた感情に、不思議と戸惑いはなかった。

思えば最初から惹《ひ》かれていたのだろう。だからこそ、キスもセックスもあんなに感じてしまったのかもしれない。

こんなときに自分の恋心に気づくなんて、間が抜けているにも程がある。自嘲《じちょう》気味の笑いを零したあと、小さくため息を吐く。

グレンにとって自分は『盟友』の孫でしかない。体の関係はあるけれど、恋愛感情を伴った行為ではない。

そのときふと伴侶についての話をしたときのことを思い出した。深く考えずに運命の相手と逢えるといいなと云った蛍に対し、グレンは複雑な表情を浮かべた。

（もしかして、グレンの『伴侶』は祖父さんだったんじゃ……）

愛した相手だったからこそ、皆が忘れてしまったいまでも覚えていて、ずっと探し続けていたのかもしれない。そう考えると納得がいく。

当時の祖父はまだ少年だった。運命の相手だったとしても、成人するまでは待とうと思っていたのではないだろうか。

そうこうしている間に離ればなれになってしまい、グレンはそのことを告げられないままいまに至ってしまったのだろう。

「――――」

グレンの一途《いちず》な気持ちに胸を打たれると共に自らの適《かな》わぬ恋を知り、頬を涙が静かに伝っていった。

「……一週間後か」

つまり、彼と一緒にいられるのは、あと七日しかないということだ。それまでに万全を期さなくてはならない。

グレンにこんな泣き顔を見せるわけにはいかない。濡れた目元を手の甲で擦り、気持ちを切り替えようと洗面所に行く。

バシャバシャと冷たい水で顔を洗っていたら、玄関のほうから物音がした。グレンが帰ってきたようだ。

「ただいま。遅くなってすまない」

「おかえり……って、何その荷物」

買い物で頼んだのはカレー用の肉とじゃがいもだけだ。しかし、帰ってきたグレンは両手でも余るほどの袋を抱えている。

「この野菜は手提げが破れて難儀していたご婦人にいただいた。これは角のご主人が今朝釣ってきたばかりの魚だそうだ」

「うわ、すごい。こんな立派な魚もらっちゃってよかったの⁉」

いまや蛍よりご近所に馴染んでいるのではないだろうか。泣いていたことを悟られないよう、わざとらしくはしゃいでみせる。

「ケイ、目が赤いようだがどうかしたか？」

「え、そう？　花粉症になっちゃったのかな」

泣きあとに気づかれ、出任せでごまかす。本当は花粉症の症状など微塵《みじん》もない。

「花粉症とは何だ？」

「飛んでる花粉が目に入ると痒くなったりするんだよ」

「こちらにはそんな厄介な病があるのか」

「でも、大したことないから大丈夫。それより、夕飯の支度しよ。グレンも手伝ってくれる？」

「もちろんだ」

こんな日常もあと七日しかない。

ささやかで、贅沢《ぜいたく》な幸せをいまは噛みしめることにした。


魚の処理は得意だというので、グレンに任せることにした。

グレンのところでも魚を生で食べる習慣があるらしい。得意と云うだけあって、魚をさばく手際はさすがだった。

アラはお吸い物にして、新鮮な野菜はサラダになった。当初の予定だったカレーは刺身に合わないだろうと思い、肉じゃがに変更した。秦野家では昔から豚肉で作っているので、牛肉バージョンは初めてだ。思ったよりも悪くない味だった。

「さすがにお刺身美味しかったね」

「ああ、いい魚だったな」

グレンが来てから、近所の人たちには世話になりっぱなしだ。いまグレンが着ている浴衣も、昔馴染みの呉服屋の主人に取り寄せてもらったものだ。

「ところで、それ似合ってるな」

「普段着より楽でいい」

グレンのサイズのちょうどいい寝間着が見つからず、毎晩ほぼ裸で寝てもらっていたのだが、浴衣なら長さが足りなくてもどうにかなるのではと思い、相談してみたのだ。

柄には拘らないと伝えたら、問屋の死蔵品を取り寄せてくれ、安価で譲ってくれた。派手でいまどき流行《はや》らなそうな柄ではあったけれど、グレンが着られるサイズというだけで貴重だ。

一般的な日本人が着こなすのは難しいだろうが、派手な顔立ちのグレンにはよく似合っていた。

「呉服屋のおじさんがモデルをしてくれって云ってたよ」

「もでるとは何だ？」

「服を売るときの見本になるような人かな。ほら、こんな感じの」

手近にあった量販店のチラシを見せる。グレンならトップモデルにもなれそうだが、様々な服を着てポーズを取ることに耐えられないかもしれない。

「今度お礼しないと。何がいいかな」

「何か喜びそうなものはないのか？」

「お酒が無難かな。祖父さんの飲み友達だったから」

どこかでいい日本酒か焼酎《しょうちゅう》を仕入れてこよう。

「そうか、カイも酒を飲めるようになってたんだな」

「強かったよ。いくら飲んでも顔色一つ変わらなかったな」

祖父は焼酎派で冬はお湯割り、夏はロックで飲むのが定番だった。

「グレンは酒飲めるんだっけ？」

「誰に訊いている？　飲み比べで負けたことはないぞ」

この様子だと、かなりの酒豪のようだ。

「そうだ、食器棚の奥に祖父さんの秘蔵の焼酎があったから飲んじゃおう」

しまい込んでおいても、宝の持ち腐れだ。飲めるときに飲んでしまったほうがいい。祖父が晩酌するときに使っていたグラスに氷を入れ、封の開いていない酒瓶を手に居間へと戻る。

「俺、焼酎ってあんまり飲んだことないんだよな」

飲み会ではいつもビールか薄めのハイボールだ。それも精々一、二杯でほろ酔いになってしまう。悪酔いをしたことがないのは、いつも大した量は飲まないからだろう。

とくとくと注ぎ、二人でグラスを掲げ合う。

「何に乾杯する？」

「そうだな。ケイとの出逢いに」

「今更？」

それを祝うには遅すぎるのではないだろうか。グレンとはうまくすれば来週にはお別れだ。そのことをどう切り出すか、さっきからずっと考えている。

「ケイと出逢うのは必然だったと思ってる。いつだって、運命に感謝してるよ」

「……っ、な、何云ってるんだか……」

気障《きざ》な台詞《せりふ》もグレンが云うと様になるのだから狡い。

グレンと逢えてよかった。だけど、それと同時に逢わなければよかったとも思ってしまう。出逢わなければ、こんな苦しい気持ちは知らずにすんだ。

「異議でもあるのか？」

「別にそういうわけじゃないけど……まあ、いいや。じゃあ、乾杯」

照れ隠しに素っ気なく告げ、グラスの縁をカチリとぶつけ合う。蛍は氷を入れただけの焼酎の香りを嗅いでみる。

微かに甘いすっきりとした香りは嫌いじゃない。それから、少しだけ口に含んでみた。

「うわ、きくなー」

初めて飲む焼酎のロックにくらくらする。もっと祖父には酒の飲み方を教えてもらっておくべきだった。

キツさに閉口している蛍をよそに、グレンは目を輝かせている。どうやら相当好きらしい。

「美味いな」

「気に入った？」

「ああ、もう一杯いいか？」

「え、もう飲んじゃったの？　いいけど、ペースには気をつけろよ」

空になったグラスにお代わりを注ぐ。グレンは涼しい顔でくいくい飲み干していく。本当にアルコールには強いようだ。

「……カイとも酌み交わしたかったな」

「いまごろ、秘蔵の酒を勝手に飲んでって怒ってるかも」

「俺を心配させた仕返しだ」

二人で軽口を叩き合う幸せに、泣きたい気持ちになった。涙をぐっと堪え、焼酎を呷《あお》る。慣れないものをいきなり流し込んだせいで、胃の辺りがカッと熱くなる。

今日はもう酔っ払ってしまおう。明日も会社だけれど、今夜はアルコールの力でも借りなければ眠れそうにない。

「ケイ、俺につき合って無理しなくていいんだぞ」

「大丈夫、俺が飲みたいだけだから」

自分のグラスにも焼酎をつぎ足し、グレンに負けじと流し込んでいく。アルコールが血液に回り、体がぽかぽかとしてきた。

「ちょっと酔っ払ってきた」

体がふわふわとしてきた。いつもならこれ以上飲むことはないけれど、いまは勢いをつけたい。酔っ払ってしまえば、平静では云えないことも口にできそうだ。

「そろそろ水を飲んだほうがいいんじゃないか？」

「気持ち悪いわけじゃないから大丈夫」

そう云って、グラスに残った液体を飲み干す。こんな飲み方をするべき酒ではないのだろうが、今夜だけは許して欲しい。

「ねえ、グレン」

「ん？」

「しよっか」

蛍の言葉に、グレンは零れ落ちそうなほど目を見開く。長い沈黙の中、氷がグラスの中でカランと涼しげな音を立てる。

「……酔ってるな？」

「酔っ払ってるけど正気だから」

「酒の勢いで男をからかうな。痛い目を見るぞ」

「痛い目ってどんな？」

「勘弁しろ」

グレンの顔を覗き込むと、困惑の表情を浮かべていた。こんな顔もするのだと、楽しくなってくる。

「まだ魔力は全快してないんだろ？」

「それはそうだが」

「だったら、したほうがいいじゃん。キスするより、効率いいみたいだし」

いまは祖父の身代わりでもいい。抱かれている間だけは、自分に夢中になってもらえる。

「酔っ払いにつけ込むような真似はしたくない」

「つけ込んでるのは俺のほうだよ」

「ケイ、お前は――」

蛍は眼鏡を外すと、自分の名前を呼んだその唇を口づけで塞ぐ。突然の蛍の行動に、グレンは再び固まっていた。その隙に頭を掻き抱き、口腔に舌を捻じ込んだ。

自分のほうが酔いが回るのが早かったのか、明らかにこちらの体温のほうが熱い。グレンの舌に自分の舌を搦めると、いつもよりも冷たく感じた。

「ん、う」

数え切れないほどキスを交わしたことで、魔力が流れて行く感覚が段々とわかるようになってきた。自分の魔力がグレンの中で混じり合っているのだと思うと、不思議な昂揚感があった。

夢中になってお互いの唇を貪り合い、口づけを解いた頃には、グレンの瞳も欲情の色に染まりきっていた。

「ケイ――」

「続き、していい?」

「させてもらわないと困る。こんなところでお預けされたら生殺しだ」

蛍の問いかけに、グレンが苦笑する。

「……あっち行こ」

仏壇の前ではいささか気まずい。グレンの部屋になっている客間に誘導し、敷いたままの布団に座らせる。

「今日は俺にさせて」

「本当にどうしたんだ、今日は」

返事を聞くよりも早く布団の上で胡座《あぐら》をかいたグレンに迫り、裾に手をかける。ボクサータイプの下着の上からも、その大きさは見てとれた。

（……やばい）

間近で目の当たりにするグレンの昂りは迫力で、思わず喉を鳴らしてしまう。こんなものが自分の中に入ったことがあるなんて、正直信じられない。

こんなものを受け入れて耐え難い痛みがなかったのは、グレンが丁寧に準備してくれたからだろう。

「本気か？」

蛍が何をしようとしているか察したのだろう。不安げに確認してくる。

「もちろん」

冗談や酔狂でこんなことをしようとは思わない。下腹部に疼きを覚えながら、グレンの下着に手をかけた。ゴムの部分を引っ張り、兆しかけた昂りを剝き出しにする。

「……っ」

凶暴すぎるサイズに怯《ひる》みかけるけれど、ここで引いたら男が廃《すた》る。蛍はそれに手を添え、唇を寄せた。思った以上に嫌悪感はなく、むしろ触れた瞬間に微かに反応してくれたことに喜びを覚える。

裏側を舐め上げながら根元を緩く指で扱くと、グレンは熱い吐息を零した。そんな反応が嬉しくて、少しでも感じてくれるよう丹念に舌を這わせた。

舌の表面から伝わってくる熱さと鼓動の速さに、蛍のほうも興奮してくる。

「……ケイ、無理はしなくていいからな」

「気持ちよくない……？」

「気持ちはいいが、正直なところ罪悪感を覚える」

「何で？」

「ケイにこんなことをさせるのは、どうも――」

「気持ちいいなら、ちょっと黙ってて」

集中するためにグレンを黙らせて、思い切って先端を口に含んでみる。全てを呑み込むのは難しいが、舌を絡めたり、吸い上げたりしてみると、グレンのそれはぐんと体積を増した。

「……ッ」

舌や口腔の粘膜で昂りの熱さや鼓動の速さを感じ取っていることが、何とも云えず不思議だ。根元のほうを指で擦ったり、膨らみを揉みしだく。

括れた部分に軽く歯を立てると、頭上から小さく息を呑む気配がする。感じやすい場所を発見した蛍は唇で締めつけて、頭を動かした。

「ケイ、もう離せ」

頭上から余裕のないグレンの声が降ってくる。

「んん、んー…っ」

頭を引き剝がされそうになるのを抵抗する。グレンが出したものを受け止める心の準備はできている。最後まで全うしたい。

そんな攻防が続いたけれど、グレンの力には敵《かな》わなかった。

「……っあ」

屹立が口から外れた瞬間、目の前で白いものが散った。そして、蛍の顔に生温かいものがかかる。

何が起こったのかわからず呆然としていると、グレンが苦虫を嚙み潰したような顔で蛍の顔を拭ってくれた。

「すまない」

「え？」

しばらくして、顔に精液がかかったのだと気づく。

「だから、離せと云ったんだ」

「飲んでみたかったのに」

「美味いものでもない」

「グレンは俺の飲んだじゃん」

酔いがさらに回り、絡み酒になっている。口の端についたものを舐めてみたけれど、確かに美味しくはなかった。しかし、不思議と嫌悪感は微塵もなかった。

「もっかいする。グレンは寝てていいから」

「本当にどうしたんだ？　何かあったのか？」

「たまにはいいだろ」

「悪くはないが、俺にも触らせろ。生殺しにするつもりか」

「わっ」

グレンの浴衣を脱がそうとしたけれど、逆に押し倒されてしまった。Tシャツとハーフパンツをあっという間に剝ぎ取られ、下着一枚になる。

意趣返しなのか、殊更ゆっくりと最後の一枚を引き下ろされた。

「あ……っ」

がちがちに張り詰めた自身が弾《はじ》かれるように露わになる。指一本触れられていない状態でこれは少々恥ずかしい。

「俺のを舐めて興奮したのか？」

「〜〜っ」

言葉で責められ、羞恥を煽《あお》られる。今夜はグレンもいつもと違うようだ。グレンは蛍の下着を足から抜くと、自分もはだけた浴衣や下着を脱ぎ去った。

のしかかるように体を重ねられ、あらぬ場所が触れ合った。

「ひゃっ」

尻を鷲摑《わしづか》みにされ、さらに腰を引き寄せられる。鋭敏な場所同士が触れ合っている恥ずかしさに、神経が焼き切れそうになる。

「……っ」

グレンのそれは再び張り詰め、熱く昂っている。腰を擦り寄せられ、硬くなったもの同士が擦れる感覚に息を呑んだ。

「ケイ」

「んぅ――」

名前を呼ばれて視線を上げたら、唇を奪われた。さっきの蛍のキスなど児戯に等しい。貪るように荒々しく唇を食まれ、息苦しさに喘いだ隙に舌を忍び込まされた。

大きな手の平が腰や太腿を撫で、硬い指先が胸の尖りを捉える。痛覚ぎりぎりの強さで抓《つね》られ、喉の奥で喘いだ。

「ンっ、ぅん、んー……っ」

指の間で弄ばれているうちに、乳首が硬くなってくる。そんなところを弄られるのが気持ちいいなんて、グレンと出逢わなければ一生知り得なかった感覚かもしれない。

「ん、ぁん、んん！」

腰を擦りつけられたタイミングで再び強く抓り上げられ、軽くイッてしまった。唇が解かれ、上がりきった息を落ち着けようと浅い呼吸を繰り返す。

グレンは首筋を唇で探り、甘噛みしてくる。歯を立てられる感触にぞくぞくと震えてしまう。感じているとわかったらしく、肩や鎖骨、二の腕の内側の柔らかな部分に噛みつかれる。

「あ、んっ、や……っ」

「痛かったか？」

「ちが、そこくすぐったいから……っあ、ちょっ」

痛いくらいに吸い上げられ、二の腕の内側に鬱血が残る。蛍の皮膚に痕跡を残すことが気に入ったのか、グレンはあちこちに赤い印を散らしていった。

「ひぁっ……」

捏ねられた乳首を舐め上げられ、びくっと体が跳ねた。舌の上で転がされ、それまで以上に上擦った声で喘いでしまう。

歯を立てられるたびに、下腹部の疼きが増す。蛍の屹立は鍛え上げられたグレンの腹部に擦れ、先端を潤ませていた。

「……ねえ、グレンは俺を触って気持ちいい……？」

「突然どうした」

「ちょっと、気になって」

「気持ちがいいに決まってるだろう。俺が触って、ケイが気持ちよさそうにしているのを見るのも好きだ」

「ひゃ……っ」

足を開かされ、腰を引き寄せられる。反り返った昂りをグレンのそれと無造作に重ね合わされ、まとめて握り込まれた。

「ケイも気持ちいいから、こんなになってるんだろう？」

「ちょっ……」

まとめて擦られる感覚はただ自分のものを扱かれるのとは違っていて、初めてのものだった。

「ひぁっ、あ、や、あっ」

絡めた指で一緒くたにして擦られている様子から何故か目が離せない。視界からの刺激は、蛍をさらに興奮させた。

「ケイも手伝ってくれ」

「え……？」

手を掴まれたかと思うと屹立の元へと導かれ、グレンと一緒に二人のそれを握らされる。

「あっ、ちょ、これ何かやだ、あっ、あ……！」

強引に手を上下に動かされる。自分の指なのに、動きが想像できない不思議な感覚に翻弄《ほんろう》される。

「あっ、あ、あ――」

もう我慢できない。そう思った次の瞬間、蛍は呆気なく欲望を爆ぜさせてしまった。我慢が効かなかった自分が悔しい。

肩で息をしながら体を起こし、グレンを思いきり突き飛ばす。

「……っ、な、何だ？」

「あとは俺がやる。グレンは寝てて」

流されかけたけれど、今日は蛍がリードを取るつもりでいた。

客間の隅に置いておいた薬局の紙袋を引き寄せ、尻餅《しりもち》をついたグレンの前に膝立ちになった。

紙袋の中に入っているのは潤滑用のローションとＸＬサイズのコンドームだ。売っていた中で一番サイズの大きなものを買っておいた。

今夜使うつもりだったわけではないけれど、早速役に立ちそうだ。

避妊の必要はないけれど、中に出されたときの体液の催淫効果が一番ヤバい。自分ではないみたいに、快感を求めてしまうのだ。

つまり、中に出されなければ、我を失うようなことはないはずだ。未経験だった蛍自身は使ったことはないが、知識としてはつけ方はわかる。

「これつけていい？」

「それはあの宿にもあったコンドームとやらか？」

勃ち上がったものの先端に被せ、ゴムを下に下ろしていく。サイズはぎりぎりでやや小さいようだが、許容範囲だろう。これ以上大きくなったらキツいかもしれない。

「妙な感じだな」

「ちょっと我慢して」

グレンの膝を跨ぐように膝立ちになり、ローションを手の平に取った。気恥ずかしさに耐えながら、自分で尻の間に塗りつける。

「ん……っ」

自ら窄まりの中に指を押し込むのは勇気がいる。なかなか上手くできず、もたもたとしてしまう。

「いつまで焦らす気だ？」

「ひゃっ」

グレンに太腿を撫で上げられ、ヘンな声を出してしまった。そのまま尻を揉みしだかれ、腰が抜けそうになってしまう。

「や、ちょ、邪魔しないで……っあ!?」

「待ってられない」

結局、自分で慣らすよりも先にグレンの指を押し込まれてしまった。

「っあ、ン、んん、ぅん……っ」

何度も抜き差しされたあと、屹立の先端が押し当てられる。これからグレンが入ってくるのだと思うだけで、ぞくぞくと背筋が震えた。

「待っ……入れるのは、自分でやる……」

自らの意思で受け入れているのだということを示しておきたかった。大きく深呼吸をして、覚悟を決める。腰をゆっくりと落とし、まず先端を受け入れた。

「……ッ」

内臓が押し上げられているような圧迫感に耐えながら、力強く脈打つ昂りを呑み込んでいく。間に

あるのは薄いゴムだけなのに、直接穿たれたときとはどこか違う。

「入った……？」

「ああ、よくできたな」

蛍の行為など実際は大したことはないのだろうが、グレンの褒め言葉が嬉しい。もっと喜んでもらえたらと、くっきりと割れた腹筋に手を突き、体を持ち上げようとした。

「あれ……？」

思うように力が入らず、一ミリすら腰が上がらない。そんな蛍の様子にグレンは小さく笑う。

「限界みたいだな」

「そんなことな――っあ!?」

最後まで全うできることを証明したかったけれど待ってはもらえず、下から強く突き上げられた。

「あっ、や、あ、あ……っ」

そうやって繰り返し穿たれ、目の前がチカチカと明滅した。体がバラバラになってしまいそうなほど激しい律動に、それまで以上に蕩けきった声が零れた。

腰を摑まれ力任せに上下に動かされると、内壁が派手に擦れてしまう。蛍のプライドなどグレンに与えられる快感の前では儚《はかな》いものだった。

「あっあ、ア、あ――」

体の中だけでなく頭の中もめちゃくちゃにされ、蛍は呆気なく正気を失った。

「水持ってきたぞ」

「ありがと……」

派手に喘がされたせいで、声がガラガラだ。コンドームのお陰で意識を失うまでにはならなかったけれど、逆に何もかも記憶に残っていて居たたまれない。

快感に溺れてしまうのは、副作用以前の問題だったようだ。好きなひとと体を重ねて、平静でいられるわけがない。そんな当たり前のことに、今更気づくなんて遅すぎる。

気怠い体を起こしてグラスを受け取り、一気に水を飲み干した。心配そうにこちらを見ているグレンの顔をじっと見つめる。肌つやもいいし、髪もまた少し伸びた気がする。

「……なあ、魔力はあとどのくらいで全快になる？」

「そうだな、七割ほどは戻ってきているようだ。牙がもっと伸びてきてるだろう？」

指で唇を押し上げて見せられた犬歯は鋭さを増しており、まさに『牙』と云える。

「ホントだ。噛まれたら痛そう」

「何を云ってる。噛まれるのも好きだろう？」

「な、何云ってるんだよ」

二の腕の内側に残る歯形から目を逸らす。今日は興が乗ったグレンに、あちこちに噛み跡やキスマークをつけられまくってしまった。

畳の上で丸まっていたTシャツを頭から被る。皺《しわ》だらけだけれど、全裸でいるよりはマシだ。布団の上で正座し、グレンに対峙《たいじ》する。

「――あのさ。グレンに云わなきゃいけないことがあるんだ」

云おう云おうと思っていたことを、ようやく切り出した。言葉が喉に引っ掛かりそうになったのは、声が枯れていたからだけではない。

すると、グレンも蛍の前に腰を下ろして云った。

「実は俺もケイに大事な話がある。いや、相談というべきか……」

「え？　じゃあ、グレンから話していいよ」

グレンがわざわざ大事だと云うくらいなのだから、重要な話なのだろう。こちらの話も重要ではあるけれど、順番が前後したところで変わりはない。

できることなら、落ち着いた状況で話をしたかった。

「俺はあとでいい。まずはケイの話から聞かせてくれ」

「そ、そう？　じゃあ、俺から」

唇を舐めて潤し、空咳で喉を整える。伝えなければ、グレンはずっと蛍と一緒にいてくれる。そんな悪魔の誘惑のような思考も頭をもたげるけれど、自分の私欲のために彼を縛りつけるわけにはいかない。

閉ざしたくなる口を開き、要点を口早に告げた。

「帰る方法がわかったんだ」

云ってしまった。これで一つ肩の荷が下りた。蛍の言葉を聞いたグレンは矢継ぎ早に質問を投げかけてくる。

「それは本当か？　どうしてわかったんだ？　その方法とはどんなものだ？」

「一つずつ話すからちょっと待って。さっき、グレンを待ってたときに仏壇の引き出しの中から祖父さんの日記を見つけたんだ」

「書斎のものの他にもあったんだな」

「うん。祖父さんももっとわかりやすいところに置いといて欲しいよね」

書斎の日記と一緒にしておいてくれれば、こんなふうに探し回ることもなかっただろうに。わざわざ、仏壇の経机の中に隠すように入れてあったのは何か思うところがあったのだろうか。

「それで、そこに帰る方法が書いてあったんだな？」

「今度の満月の日が流星群と重なるらしいんだけど、その日に異世界への道が開くらしい。そのやり方までは書いてなかったけど、向こうの文字で書かれてるところもあったから、あとで見てもらえる？」

「わかった、見てみよう」

「これ、グレンが持ってて。道を開くにはこのペンダントが鍵になるみたいだから」

肌身離さず首に下げていたペンダントをグレンに手渡す。

「これはケイが持っていたほうがいい」

「グレンが持ってれば、何かわかることがあるかもしれないだろ？」

無理やり押しつけ、その手に握り込ませる。グレンの手の温かさが、いまは寂しくて切ない。

そのとき、グレンが思ったほど嬉しそうにしていないことに気がついた。

「嬉しくないの？」

もっと喜ぶと思っていたのだが、グレンは複雑な表情をしていた。

「もちろん、戻れるのは嬉しい。だが……ケイと別れることになるのは辛いな」

グレンが同じ気持ちでいてくれたことに、胸が締めつけられる。しかし、ここでしんみりしてしまったら、余計に帰りづらくなってしまう。

蛍は作り笑いを浮かべ、努めて明るく云った。

「な、何云ってんだよ。そんなの仕方ないだろ。俺とグレンとは住む世界が違うんだから、こうして一緒にいることのほうが不自然だろ。本来、出逢うことすら不可能だったんだから」

「それでも、ケイと出逢えたのは必然だったと思ってる」

そんなふうに云われたら、余計に別れがたくなってしまう。これ以上、気持ちを揺さぶられたら泣いてしまいそうだ。

「そ、そういえばグレンの話って何？　相談があるんだろ？」

動揺をごまかそうと、話題を変える。蛍の話は一先ず終わった。次はグレンの番だ。蛍が促すと、グレンは神妙な顔で黙り込む。

「グレン？」

そんなに深刻な相談なのだろうか。黙り込んだグレンの顔を覗き込む。蛍の目を真っ直ぐ見つめて云った。

「ケイ、俺の故郷に一緒に来ないか？」

「……は？」

とんでもないことを云われた気がして、訊き返してしまう。いまのは聞き間違いだろうか。

困惑し、呆然としている蛍にグレンは居住まいを正して云い直す。

「いや、一緒に来てくれ。お前に俺の伴侶になって欲しいんだ」

伴侶——つまり、生涯を共にする相手ということだ。いわゆる、プロポーズのようなものだろう。

「いやいやいや！　ちょっと待って！　落ち着いて！」

「俺は落ち着いている」

突然のことに頭が上手く動いていないのは蛍のほうだ。

彼の一族では伴侶は一人だけ。以前、グレンはそう云っていた。

(俺を伴侶に……？)

グレンの伴侶は祖父のはずだ。だけど、その当人はもういない。つまり、蛍を祖父の代わりに連れ帰りたいということだろうか。

「……ッ」

導き出した答えに血の気が引き、一気に頭の中が冷えた。

一緒にはいたい。慰めになるなら身代わりとして抱かれてもいい。だけど、一生を祖父の身代わりとして過ごすことは無理だ。いくらなんでも辛すぎる。

「無茶を云っているのはわかってるし、誰も知らない土地に行く不安があるのもわかっている。すぐに答えが出せないだろうから、俺が帰る日までに考えておいてくれないか？」

猶予を貰《もら》っても困る。きっと、時間が経てば経つほど迷いが出てきてしまう。

動揺を押し隠し、角の立たない断りの言葉を探す。だけど、上手く言葉が出てこなかった。

「————」

重くなった空気を変える術が見つからない。沈黙が耐え切れなくなり、蛍は思い切って立ち上がった。

「俺、風呂に入ってくる」

蛍はそう云って、客間から逃げ出すように出ていった。

6

「ヤバい、もうこんな時間か！」

どうしても急いで帰りたいという日に限って、トラブルが続くから嫌になる。いっそ有給を使って一日休んでしまえばよかったと後悔するも今更だ。

祖父の日記帳に書かれていた向こうの言葉は主に道を開くための呪文《じゅもん》だった。それと共に裂け目が発生する正確な位置の割り出し方も記されていた。

異世界への道が開くのは今夜。流星群が観測される二十二時頃らしい。場所は何と蛍の自宅の真上だった。

あの土地を売って欲しいと何度云われても、祖父が頑として売ることはなかったのは、このためだったのかもしれない。

（急がないともう二度と会えない）

――俺と生涯を共にして欲しい。

今週、あの日のグレンの言葉を何度も反芻《はんすう》した。嬉しいのに嬉しくない。立場や出逢いが違ったら、気負うことなく喜べたのだろうか。

いまから地下鉄に潜るよりはタクシーを捕まえたほうが早そうだ。そう思って空車のタクシーを探すけれど、どの車両も客を乗せて走っている。

仕方なく駅への近道を急ぐ。ビルの間を抜けて行こうとしたけれど、前方からこちらに歩いてくる人影に足が止まった。

「!?」

(寄りによって、こんなときに……!)

タイミングの悪さを呪《のろ》いたくなる。こちらに近づいてきているのは寺内だった。謹慎中のため身に着けているのは私服だが、軽薄な雰囲気は変わらない。

寺内は蛍に濡れ衣を着せようとしたあの日から会社を謹慎になっている。今回はクビにはならなかったが、謹慎に加えて数ヶ月の減給となったらしい。

主な理由は業務の妨害だが、以前から訴えがあったセクハラについても考慮されたようだ。会社としては自主退社をして欲しいようだが、いまのところ辞表は出されていないらしい。

「くそっ」

普段は口にしないような悪態を吐《つ》いてしまう。大人がすれ違うのがやっとの細い道で寺内と顔を合わせたくはない。仕方なくUターンして、いつものルートで帰ることにした。

「……ッ!?」

通りに出た瞬間、後頭部に焼けるような熱さを感じる。それと同時にぐらりと視界が揺れて、膝をついてしまった。蛍はそのまま前のめりに倒れてしまう。

(何だ……?)

ずきんずきんと脈打つ頭痛に、さっきのは熱ではなく強い痛みだったと気づく。

「上手くいったな」

「チョロいもんだぜ」

アスファルトの上に横たわりながら声のほうへ目線を向けると、寺内が木製バットを持った男と言葉を交わしていた。

逃げなければと思うけれど、意識を保ってはいられない。

ずっと、蛍に仕返しする機会を窺っていたようだ。逆恨みだけれど、寺内にとっては正当な感情なのだろう。

車が停《と》まり、スライドドアが開く音がしたけれど、もうこれ以上顔を上げてはいられない。蛍は暗《くら》闇《やみ》に引き摺り込まれるように意識を手放した。

意識が浮上して最初に感じたのは油と埃の匂いだった。目を繰り返し瞬くけれど、視界ははっきりしない。

(ここどこだ……?)

聞こえてくるのは虫の声と風の音だけ。少なくとも街中ではなさそうだ。

「つ……っ」

体を起こそうとすると、後頭部に激痛が走る。痛みに気づいた瞬間から、ズキンズキンと鈍痛が脈打ち始めた。

不意打ちで頭を殴られたことは覚えている。そのあと、近くに車が停まった気配がした。もしかして、あれに乗せられて連れてこられたのだろうか。

（この時間がないときに……っ）

寺内が蛍を逆恨みしていることはわかっていたが、仕返しのためにこんな強硬手段に出るとは思いもしなかった。

見るからにチンピラ風の柄の悪い実行犯と親しげな様子だったことを考えると、元々ああいう人種なのだろう。

逆恨みを晴らすにしても、せめてグレンが無事に帰れたあとにして欲しかった。

「完全に遅刻だな……」

時計は見当たらないけれど、グレンとの約束の時間に間に合わないのは確実だ。

永遠の別れは仕方ない。それでも、笑顔で見送るつもりでいた。けれど、見送ることすら叶わないとは。

「神様の計らいかな」

顔を合わせたら、別れがたくなる。だったら、会わないまま別れたほうが未練も少なくてすむかもしれない。

この一週間悩みに悩んで出した答えは『ＮＯ』だ。グレンと一緒には行けない。一人の生活ではあるけれど、あの家を守っていく義務があるし祖父たちの墓もある。何より、異世界へと飛び込んでいく勇気が蛍にはなかった。

事なかれ主義の自分の性格がいきなり変わるわけもない。

何にせよ、このままでいたら寺内たちのいいようにされるだけだ。状況を把握して、打開策を探さなくては。

段々と目が慣れてきて、辺りの様子が見えるようになってきた。今日は満月だ。月明かりで暗闇の濃度が低いことも幸いした。

回りには建物が少ないようで、屋根の穴からは星の瞬きもよく見える。つまり、大声で助けを呼んだところで無駄ということだ。

むしろ、寺内たちに気づかれる可能性が高い。わざわざ彼らに目覚めたことを知らせるよりは、自分で脱出方法を探ったほうが建設的だ。

蛍が転がされているのは、古いソファベッドのようだ。スプリングがダメになっていて、背もたれも倒れたままだ。

(工場跡かヤードってところか……？)

機械類は何もないが、コンクリートの床には大型のものが置かれていたと思しき跡が残っている。プレハブの建物は窓ガラスが割れ、トタンの屋根は錆《さ》びて穴が開いていた。

色はわからないが、コーヒーや油のような染みがあちこちについているのはわかる。

もう一度、殴られた場所を刺激しないようにそっと起き上がろうと試みる。そのとき、自分の体の自由がきかないことに気がついた。

手足を何か硬くて細いものに拘束されている。足を曲げて確認すると、結束バンドのようだった。道具もなしに切るのは難しいだろう。

せめて手を前に持ってこられないかと思い、映画などで見たように足を潜《くぐ》らせようとしたけれど、後ろにぐん、と引っ張られる。

「？」

首を無理やり捻って確認すると、手首の結束バンドと壁の鉄筋の筋交いがチェーンで繋がれていた。ずいぶんと念入りな拘束具合だ。

ソファベッドの上を転がるくらいのことはできるが、いまの蛍の自由はそれだけだった。

小さく舌打ちしたあと、手の届く範囲に刃物代わりになるものが落ちていないかと探してみる。けれど、彼らもそこまで間抜けではないらしい。

「ん？　何だあれ……」

少し離れたところに何か置いてあることに気がついた。

よくよく見てみると、撮影機材のようなものだった。想像したくないが、寺内たちはよからぬことを企んでいるようだ。

こうなったら、絶対に脱出してみせる。彼らのいいようにされるつもりはない。

改めて使えるものが何かないだろうかと、ごろりと寝返りを打ち、ポケットの中のものを探る。

予想通り、スラックスの横ポケットに入れておいた家の鍵はなくなっていた。しかし、他に何か残っている。

(何入れてたっけ？)

退社する前の記憶を辿り、尻ポケットに食べかけの栄養補助食品のクッキーバーを突っ込んだことを思い出した。

そういえば、昼食以降はクッキーバーを一口齧《かじ》っただけだ。こんなことになるなら、カロリーくらいしっかり摂《と》っておくべきだった。

(考えろ、何か方法があるはずだ)

簡単に諦めるつもりはない。周囲に視線を巡らせながら考えていた蛍は、倉庫内を動き回る小さな存在に気がついた。ネズミの住処《すみか》がこの倉庫の近くにあるようだ。

「あっ」

脳裏にアイデアが一つ浮かんだ。蛍にはグレンに教えてもらった『武器』がある。

彼らにとって蛍はむしろ望まぬ来訪者だろう。だが、蛍にとっては天の助けにも等しかった。

「ごめん、うるさくして。あのさ、ちょっとお願いがあるんだけど……」

ネズミに話しかけて助けを求めるなんて、端から見たら正気の沙汰《さた》ではない。きっと、頭を殴られておかしくなったんだろうと思われるだろう。

「できたら、この手首のやつ齧って切ってくれないかな……？」

こっちに気づいてはいるようだけれど、動いてはくれない。動物園でできたのは、近くに呼び寄せることだけだ。さらに細かな指示に従わせることは可能なのだろうか。

(いや、気弱になってどうする)

いまはできると信じるしかない。

「頼むよ、お礼はするからさ」

体を捩り、指先で引っ掛けるようにして尻ポケットの中の栄養補助食品を取り出す。そして、マットの上で芋虫のようにもぞもぞと移動し、パッケージを口に銜《くわ》えた。

そして、頭を振ってネズミのほうへ放る。封は開いているから、食べ物だということはわかるはずだ。蛍の体重で潰れてしまっているけれど、彼らが食べるぶんには支障はないだろう。

ネズミはカラフルなパッケージの匂いをくんくんと嗅ぐと、口に銜えてくるりと方向転換した。そのまま暗闇へと消えてしまう。

「あっ、ちょっと！」

複雑な命令は難しかったのかもしれない。

落胆していたら、さっきのネズミが仲間を連れて引き返してきた。

「マジで……？」

暗闇に数多《あまた》の目が光る。普通の状態なら無数のネズミに囲まれることになったら恐怖を感じるだろうが、いまは頼もしく思えた。

「この手と足を縛ってるやつを外して欲しいんだ。お願いできるかな？」

ネズミたちにそう頼むと、わらわらと蛍の周りに集まり、次々にバンドを齧ってあっという間に外してくれた。

「ありがとう、助かったよ。他に何かあったかな？」

横のポケットを漁ると、飴の包みが一つ見つかった。職場でお裾分けでもらったものだ。食べずにおいてよかった。

動物に人工的な甘いものはよくないだろうかと悩んだけれど、封を切って手の平に載せて差し出すと、最初に蛍と出逢った一匹と思しきネズミが飴玉を銜えて皆と一緒に巣穴に戻っていった。

「――――さて」

拘束が解けたのだから、あとは逃げ出す手段だ。

天井や高い位置にある窓は開いているけれど、出入りできるドアはしっかりと施錠されている。窓まで登るような真似は蛍の身体能力では無理だ。

何か武器になるものはないかと積み上がったガラクタを漁る。音を立てないように一つずつそっと移動させながら、使えるものを探す。しかし、手頃な武器になりそうなものがない。

ビデオカメラが載っている三脚がちょうどいいのだが、機材が移動していたらすぐに警戒されてしまいそうだ。

何を撮るつもりなのかはわからないが、記録媒体を抜いておくことにした。ついでにバッテリーも外し、ガラクタの中に紛れ込ませる。

「そうだ」

自分を壁に繋いでいたチェーンのことを思い出す。確認してみると、結束バンドが外れたことで引き抜けるようになっていた。

チェーンを抜こうとしたところで倉庫の外に人の気配を感じた。慌てて隠れる場所を探したけれど、どこにもない。

やむなく元いたマットの上に戻り、縛られたまま意識が戻っていないふりをする。後ろ手にチェーンの端を摑んで目を閉じたところで、金属の扉が軋《きし》みながら開く音がした。

「……っ」

目を覚ましていると気づかれないよう、息を殺す。外からぞろぞろと男たちが入ってくる。薄目を開けて確認すると、寺内を含めて三人だった。

(ちょっと厳しいかな……)

二人なら振り切って逃げることもできたかもしれないが、そう簡単にはいかないようだ。

彼らは顔を隠すためか、黒い大ぶりのマスクをつけている。通報されたときに特定されないためだろうか。だとしたら、他の二人はともかく寺内まで顔を隠す意味がわからない。

「何だ、まだ寝てんのか」

「思いっきり殴ってやったからな」

「おいおい、殺したりしてねーだろうな」

「大丈夫だって。さっき息があるのは確認したから」

「つーかさ、よく見たらキレーな顔してんな。男だっつーから気乗りしなかったけど、これなら俺もイケるかも」

「お前、自分で撮影係でいいっつったろ」

「ちょっとくらい味見したっていいだろーが」

「おい、乗り気になるのはいいけど俺が先だからな」

「わかってんよ」

「それにしても、この顔ならいい値段つくかもな」

彼らの話から察するに、蛍を犯す動画を撮って、それをどこかに売るつもりのようだ。下卑《げび》た計画に鳥肌が立つ。

「準備はできてんだろうな？」

「こっちはばっちり……ってあれ？　バッテリーどこ行った？」

「充電したまま置いてきたんじゃねーか？」

「つけたって！　さっきまであったんだって！」

「仕方ねーな。スマホでいいか。ライトつけろよ」

工場内の照明はまだ生きていたらしい。スイッチが入れられると、辺りが一気に明るくなった。目を閉じていても、眩しさを感じる。

「さて、そろそろ起きてもらうとするか」

「……っ」

いきなりドボドボと冷たい水を頭にかけられ、不意打ちを食らった。口の中に水が入り、げほごほと噎せてしまう。

近づいてきたところで先手を打つつもりだったけれど、そう簡単にはいかないようだ。空になったペットボトルが放り投げられ、軽い音を立てて転がっていく。

「なあ、秦野。いつまで寝てんだよ。ビビってもらわなきゃつまんねーだろ？」

「……別に楽しませるつもりはないからな」

「お、目ぇ覚めてんじゃねーか」

目を開けて睨みつけると、寺内はソファベッドに片足を乗せ、取り出したバタフライナイフの側面で蛍の頬をぺちぺちと叩いてくる。

「今日は大人しくしなくていいぜ。泣き叫んでくれたほうが売り物になるしな」

「……っ」

寺内をさらに強く睨みつけ『離れろ』と命じてみる。しかし、何の変化も見られなかった。

この前、寺内の行動を操れたのは彼の欲望に沿った命令だったからというグレンの推測は当たっていたのだろう。

いま、寺内の頭の中は蛍への復讐《ふくしゅう》と性欲でいっぱいのはずだ。それに相反する命令を聞かせるには蛍の力では難しいようだ。

「今日はやけに静かだな。この間みたいにいやだーって騒がないのか？」

寺内は揶揄の言葉を口にしながら、蛍のワイシャツのボタンを刃先で弾いていく。期待どおりの反応をするつもりはない。蛍は歯を食い縛り、堪え忍んだ。

「………」

「いつまでそんな顔してられるだろうなあ。おい！　ちゃんと撮ってるか？」

「撮ってる撮ってる。早く剝いじまえよ！」

「そう焦んなって」

寺内たちは下卑た笑いを蛍に向けている。誰かを虐げることを心から楽しめるような人間がこの世にいるということが恐ろしい。

（まだだ）

反撃したい気持ちをぐっと堪える。いま下手に動くと、ナイフに触れてしまう。反撃するなら凶器が離れた瞬間だ。

やがて、一番下のボタンまで外され、シャツの前を大きくはだけさせられる。

「何だ、この跡。大人しそうな顔して、意外とお盛んなんだな」

「……ッ」

グレンのつけたキスマークに触れてくる。

「相手は男と女どっちだよ。ここまでマーキングするって、相当可愛がられてるんだな？　よその男に可愛がられたって知ったら、そいつどんな顔するだろうなあ？」

寺内はナイフを横に置き、蛍の体を撫で上げる。歯を食い縛り、嫌悪感を押し殺す。

「お前が泣いて縋るところをそいつにも見せてやるよ」

「いっ」

右手で乳首を抓られる。利き手が凶器から完全に離れたのを確認した瞬間、蛍は勢いよく跳ね起きた。

「が……ッ!?」

全力の頭突きに、寺内はソファベッドの上から転がり落ちた。

「気安く触るな」

自分でも思っていた以上に上手くいった。しかし、これで安心はできない。頭を強打して呻《うめ》いている寺内の他に二人いる。

「て、てめえ……っ」

思わぬ攻撃にカッとなった男たちが気色ばみ、殴りかかってこようとする。

「来るな!」

後ろ手に隠していたチェーンを振り回すと、その先端から青白い光がバチバチと散った。

「うおっ、な、何だ!?」

男たちは蹈鞴《たたら》を踏んで後退《あとずさ》る。彼らも面食らっているが、蛍自身もいまの現象に驚いていた。

(いまの俺がやったのか……?)

チェーンに集中し、意識を流れ込ませるイメージをする。水のときの応用だ。すると、手元から先端に向かって、さっきと同じ青白い光が伝っていった。

「お、おい、こいつ、何か妙なもの持ってんぞ！　ちゃんと調べたのかよ⁉」

「調べたって！　お前こそバッテリー忘れてきてんじゃねーか！」

「それより、どうしてこいつが自由になってんだよ！　安い結束バンド買ってきたんだろ⁉」

寺内たちが内輪揉めを始めた。逃げるならいまだ。扉は再び閉められてはいるが、鍵はかけていないはずだ。

隙を窺っていたら、突然ぶわっと強い風が起こった。その後、バリバリというもの凄い音がして、工場の扉が吹っ飛んでくる。

「な――ぐはっ」

ひしゃげた扉は男二人をなぎ倒した。期せずして敵がいなくなり、呆気にとられてしまう。

「グレン――⁉」

「やっと見つけたぞ、ケイ。こんなところで油を売っていたのか」

想定外の人物の登場に目を瞠る。助けに来てくれたことに喜びと共に焦りを覚える。

「この石を持たせておくべきだったな。見つけるのに苦労した。蛍が力を使ってくれて助かったよ」

「バカ！　なんで来たんだよ！」

こんなことで時間を取られて帰れなくなったらどうするのだ。

「ケイからまだ答えを聞いていないからな」

「……っ、あ、その、俺は――」

言葉に詰まる。自分の中で答えは出したけれど、グレンには直接伝えられていなかった。一度決めた答えも、グレンの顔を見ると決意が揺らいでしまう。

グレンとの別れに間に合わないとわかったとき、優柔不断な自分から逃げられたことにほっとしたことも事実だった。

「こんなところまで来て、間に合わなかったらどうするんだよ」

「大丈夫だ。蛍のお陰で飛べるようになったからな」

「え？」

「さあ、行こう」

「に、逃がすかよ！」

グレンにエスコートされるようにして外に出ようとしたそのとき、背後から上擦った声が聞こえてきた。振り返ると寺内が、震える手で拳銃を握り締めていた。

「あんたが何者なのか知らねーけど、死にたくなかったらそいつは置いてけ。ヘンなマジックが使えるみたいだけど、さすがにこれには敵わねーだろ？」

「いい加減にしろよ。どんなに脅されても、俺はお前の云うとおりにはならない。グレンは先に行ってて」

この期に及んでグレンに余計な魔力は使わせたくなかった。蛍は視線を寺内から工場の隅に向ける。そして、こちらの様子をずっと窺っていたネズミたちに再度語りかけた。

「うるさくしてごめん。よかったら、もう一度助けてもらえるかな？」

「はあ？　お前、何云ってんだ」

「彼を遠いところに連れていって欲しいんだ。そうしたら、ここも静かになると思う」

寺内は胡乱げな眼差しを蛍に向けてくる。

「お前、頭打っておかしくなったのか？　まあ、無理もないよな――――って、な、何だ？　おい、何なんだこいつら！」

蛍の頼みを聞いてくれたネズミたちが寺内の足下に集まってくる。そして、体を登っていき、全身を覆ってしまった。

「やめ、離れろ！　頼む、こいつらを取ってくれえええ」

半狂乱になった寺内の手から拳銃が落ち、コンクリートの床にぶつかって鈍く軽い音を立てる。どうやら本物ではなくモデルガンだったようだ。

「ありがとう、助かった。あとは任せるね。それじゃ行こう、グレン」

踵《きびす》を返して、グレンをそう促す。放っていっても、さすがに寺内が死ぬようなことはないだろう。

外に出ると、満月が空の天辺に近づいていた。もうあまり時間がない。急がなければ。

「ずいぶん上手くなったじゃないか。俺の出る幕はなかったな」

「グレンのお陰だよ。でも、来てくれて嬉しかった」

傍にいてくれたから、あんなふうに落ち着いてできたのだ。建物の前には蛍が連れ去られた車が停まっていた。その中から取り上げられていた私物を持ち出す。

「どこかでタクシー捕まえられるかな」

電話で呼ぶにしても現在地がわからなければ意味がない。

「そうだ、ＧＰＳでわかるはず」

カバンの中からスマホを取り出そうとした瞬間、グレンに軽々と抱き上げられた。

「な……っ⁉」

「しっかり掴まっていろ」

「え？　な、何？」

「行くぞ」

次の瞬間、竜巻のような強風と共に真っ白な翼が現れた。それと同時にぶわっとグレンの髪が長くなる。

「……すごい、綺麗……」

蛍が想像していた翼とはまったく違っていた。鳥のようなものをイメージしていたけれど、実際の形状は蝙蝠《こうもり》の翼に似ていた。

（そっか、竜人だもんな……）

艶《つや》やかで美しいその翼に手を伸ばし思わず触れてみる。滑らかでひんやりとした感触だった。ふわっと重力が消えたような感覚がしたあと、空へと一気に上昇する。

「〜〜〜っ」

ジェットコースターの最前列に乗ったときのようなスピード感に目を瞑る。顔に当たる風は冷たく痛い。やがてその衝撃が和らいだ。

「目を開けてみろ」

「うわ……」

眼下には星空のように家の明かりが広がっていた。煌《きら》めく夜景に息を呑む。こんなふうに東京の街並みを見ることができるなんて、何て贅沢なのだろう。

「この世界の夜は美しいな」

「うん」

二人でこの光景が見られたことは一生忘れないだろう。

グレンは蛍を抱いたまま大きな翼を羽ばたかせ、都心の空へと向かった。

「寒くないか？」

「グレンがいるから大丈夫」

上空は寒かったけれど、グレンの腕の中は温かかった。

都心に向かって飛び続けていたグレンが舞い降りたのは東京タワーの天辺だった。

「ここで待とう。空が近いほうが裂け目が見つかりやすいだろうからな」

「こんなとこにいていいのかな。見つかったら怒られそう」

「誰もこんなところにいるなんて思わないだろう。しばらく間借りさせてもらうだけだ」

「それもそうか」

残り時間があと少ししかないと思うと、何を話していいかわからなくなる。

（……もうちょっとでさよならか）

もうこれでお別れだと思うと泣きそうになる。だけど、涙は見せたくない。最後なのだから、笑顔で見送らなくては。

「……っ」

吹きつけてくる風に体を竦めると、グレンが翼で周りを覆ってくれた。

「これで少しマシになったか？」

「ありがとう」

白い翼にそっと触れる。

「グレンは白竜だったんだね」

「この姿を見せたかったんだ。どうだ？　カッコいいだろう？」

「うん、惚れ直した」

狡いとは思ったけれど、最後くらい素直になっておきたかった。自分でも驚くほどすんなりと言葉が出て驚いた。

「いま、何て？」

鳩《はと》が豆鉄砲を食らったような顔、とはこういうことを云うのかもしれない。思わず吹き出してしまうくらい、ぽかんとしている。

「とっくに好きになってたけど、もっと好きになったって云ったんだよ」

「ケイ――」

掻き抱かれ、呼吸ごと奪うかのような口づけをされる。

言葉よりも雄弁に気持ちが伝わってくる。離れたくない。このまま一緒にいたい。その気持ちは同じだ。

「やっぱり一緒に来て欲しい。俺はケイと別れたくない」

グレンの言葉に胸が締めつけられる。その響きに偽りや欺瞞《ぎまん》は感じられない。もしかしたら、二つの気持ちを混同しているのかもしれない。

その事実に気づかなければ、グレン自身も後々辛くなるだろう。蛍は重たい気持ちを振り払って、口を開いた。

「……グレンが好きなのは俺じゃないだろ？　俺が身代わりになれたらいいけど、そんなのお互いに辛くなるだけだよ」

「何云ってるんだ？」

「いいんだ、俺はわかってるから。グレンは祖父さんへの気持ちと俺への気持ちを混同してるだけなんだよ」

「そんなわけないだろう！」

一喝され、目を瞠る。グレンが自分に対して、こんな激しい口調をぶつけてきたのは初めてだ。

「全くわかっていない。カイとケイは全然違う。カイに対して、こんな気持ちを抱いたことは一度もない。顔立ちは似ていても、魂は別物だ。どうして、そんなふうに思ったのか逆に訊きたい」

「で、でも、俺には何の取り柄もないし、グレンの相手に相応しくないと……」

「誰かに焦がれる気持ちは、相応しいか相応しくないかで生まれるものじゃない」

「俺たちは生きる世界が違うだろ。寿命も違うし、本来なら出逢うことはなかったんだから」

「それじゃあ、俺がこの世界の人間だったとしたら？　もしも俺たちの間に何の柵《さく》もないとしたら、お前はどうした？　世界の違いなんてなかったら、迷わず俺の手を取ってくれたか？」

「それは——」

頭の中がぐちゃぐちゃで、急に心許なくなる。二人の間の障害をかなぐり捨てられるなら、そうしたい。だけど、優柔不断な自分は答えを出せずにいた。

黙り込んだ蛍に対し、グレンは淡々と話す。

「俺は伴侶は迎えずに生きていくつもりでいた。これまではそれでいいと思っていた。だけど、ケイに出逢ってわかったんだ。俺にとって、ケイが運命の相手だとな。初めて魂に触れたとき、それがわかった」

グレンの言葉に息を呑む。好きなひとにこんなふうに云われて心を揺さぶられないわけがない。

「いままで出逢えなかったのも当然だ。違う世界にいたんだからな。カイがお前に引き合わせてくれたんだと思っている。蛍もそう思わないか？」

ここで祖父を出してくるのは狡い。自分は身代わりなのだと思っていた。なのに、急にそんなことを云われても気持ちの整理が追いつかない。

「お、俺は……」

「それじゃあ、質問を変える。俺を愛してるか？」

「愛してるよ！　愛してるに決まってるだろ！　俺だってグレンと一緒にいたい、離れたくない――」

建前をかなぐり捨てて本音を告げた次の瞬間、何もかも奪うような激しい口づけをされた。嵐のようなめちゃくちゃなキスに胸をかき乱される。

「お前を攫《さら》っていくことにした」

「え？」

グレンは再び蛍を抱き上げて、夜空へと飛び立つ。

「しばらく目を瞑っていろ」

もの凄い速度で弾丸のように上昇しながら、聞き慣れない言葉が耳に流れ込んでくる。恐らく、道を開く呪文だろう。

「～～～っ」

地上の星が遥《はる》か彼方《かなた》になった頃、上昇が緩やかになり、宙で止まった。瞑っていた目を開けると、満月が真上にあった。

「俺が向こうに連れていけば、お前はこの世界から『消える』ことになるだろう。時間が経てば皆の記憶からケイの存在はなかったことになる。皆に忘れられることがどれほど辛いかは俺にも理解できる。後悔したら俺のせいにすればいい。一生許してくれなくてもいい。どんなに恨まれても、命をかけてケイを幸せにすると誓う」

「グレン――」

「愛してるよ、ケイ」

空に数多の星が流れた瞬間、強い引力を感じる。全てを奪うかのような口づけと共に真っ白な光に包まれた。


幸せなときも困難なときも、病めるときも健やかなるときも、死が二人を分かつまで――。

竜人の休日

「もう食べないの？　お口に合わなかった？」

「いえ、美味《おい》しかったです。でも、もうお腹《なか》いっぱいいただいたので……」

「小食ねえ。それなら、お茶のお代わりはいかが？」

「あ、大丈夫です、お茶ももう充分いただきましたから」

グレン並みの長身でガッチリとしたグラマラスで派手な美女たちに囲まれ、蛍《けい》は体を小さくしていた。歓迎してくれているのはわかるけれど、正直云《い》って落ち着かない。

「まだ緊張してるの？　可愛《かわい》いわねえ」

「こんな可愛い子を伴侶《はんりょ》にするなんてグレンのくせに生意気だな。あいつに飽きたら、私のところに来るといい」

「姉さま、抜け駆けは狡《ずる》いです！」

「ははは……」

どう反応していいかわからず、作り笑いを浮かべる。

蛍を構っているのは、グレンの姉たちだ。

グレンが留守にしている間、その内の一人が屋敷の中を案内してくれていたのだが、次々に集まってきてしまい、すっかり囲まれてしまったというわけだ。

（早く帰ってきてくれないかな、グレン……）

できる限り早く帰ってくるとは云っていたけれど、夕飯の買い出しではないのだから小一時間で用事がすむとは思えない。

グレンの国はカラッとした気候の高地にあった。以前、何かのテレビ番組で見た遊牧民のテントのような形の建物が基本的な住まいのようだ。

彼らの体格に合わせているため、天井はかなり高く広々とした室内となっている。太い柱で支えられており、それらがいくつも隣り合う形で配置されていた。

風がよく抜ける構造になっているようで、気温は高めだが屋内は涼しい。雨はほとんど降らず、嵐《あらし》が来ることもない気候故の様式だろう。

生活用水は地下水、照明やその他の動力には魔道が使われており、基本的な生活水準は元の世界とそう変わりがないようだった。

この世界は種族によって国が分かれており、グレンの国は王権が敷かれていた。詳しいことはわからないけれど、グレンはいい家柄のようだ。

武人の多い一族のようで、たくさんの兄姉はほとんどが軍に所属しているらしい。軍と云っても長いこと争いは起きていないとのことだった。

グレン自身も軍属らしく、いまは不在時の報告に呼び出されている。

彼が蛍のところに飛ばされてから蛍と二人で戻るまでこちらの世界では半年ほどの時間が経《た》っていたようだ。時間の流れ方が違うというより、異世界同士を繋《つな》ぐ扉の開く時期にムラがあるということなのだろう。

「街は見て回ったか？」

「いえ、まだです」

一昨日《おととい》こちらに来たばかりだ。世界を越えるのは一瞬だったけれど、派手な乗り物酔いのような症状を引き摺《ひず》り、丸一日寝込んでいたから何もできていないに等しい。

起きられるようになったと思ったら、こうして囲まれてしまった。

「私たちが案内しましょうか？」

「王宮見学のほうが楽しいんじゃないか？」

「それなら、竜の森の滝のほうが――」

それぞれにオススメがあるらしく、蛍を連れていく場所で揉《も》め始めてしまった。どこも興味深いけれど、まだゆっくり見物して回れる気分ではないし、せっかくならグレンと行きたい。

「あ、あの、外はこっちの世界に慣れてから見て回りたいかなって……」

「そうか、遠くの世界からやってきたんだったな。落ち着くまでゆっくりしたほうがいいだろうな。すまない、君の気持ちも考えずにはしゃいでしまった」

「い、いえ、歓迎していただけて嬉《うれ》しいです」

「私たちも久々のお客様ってだけでも嬉しいのに、グレンの伴侶になってくれるひとだなんて感激しちゃって」

「伴侶ということは儀式はもう上げたのか？」

「儀式？」

「絆《きずな》を結ぶための手順があるんだ。それを経て、正式な伴侶となる」

「そうだ！　私たちで準備しましょうよ。ケイのお披露目もかねて、大勢招待したらどうかしら？」

「それはいいな」

「いや、あの、そういうのはグレンに訊《き》いてからのほうが——」

「大丈夫、あの子も喜んでくれるから」

あれよあれよという間に話が進んでいく。困惑していたら、頭上から待ち侘《わ》びていたひとの声が聞こえてきた。

「姉さんたちは何をしてるんだ」

「おかえり、グレン。いま、お前たちの儀式の相談をしていた」

「そういうのは自分たちで考えるから余計なことはしないでくれ」

「楽しいことを独り占めするなんてよくないわよ」

喧々囂々《けんけんごうごう》と前後左右から責められていたグレンだったが、我慢の限界が訪れたようだ。

「〜〜っ、とにかく、ケイは返してもらう！」

「……ッ!?」

姉たちの間から蛍を抱き上げて奪い返す。

「ケイはこちらに来たばかりで疲れてるんだ。しばらくそっとしておいてくれ」

「独り占めは狡いぞ」

「独り占めも何も、ケイは俺の伴侶だ!!」

グレンはそう云い捨て、その場をあとにした。

離れにあるグレンの部屋に戻ってきた蛍は、ほっと一息ついた。

「すまなかったな、面倒《めんどう》なのを相手させてしまって」

「ううん、歓迎してもらえてるのがわかって嬉しかった。ちょっと緊張したけど。兄姉が多いと賑《にぎ》やかでいいね」

「煩《うるさ》すぎるくらいだけどな」

憎まれ口を叩《たた》いているけれど、さっきの遣《や》り取《と》りから姉弟仲がいいことは見てとれた。可愛がっている弟の相手だからこそ、蛍のことも歓迎してくれたに違いない。

姉たちの前で見せる表情は初めて見るもので、思い返すと微笑《ほほえ》ましさで顔が緩んでしまう。

「何を笑ってるんだ」

「グレンにも勝てない相手がいるんだなあって」

「カッコ悪いところを見せたな」

バツの悪い顔をしているけれど、ああいう弱点を知れることは嬉しい。コレまで以上に近づけた気がするのだ。

「俺のこと、受け入れてもらえて本当に嬉しかった」

いきなり種族の違う蛍を連れて帰ってきて伴侶だなんて云われても、俄《にわか》には受け入れがたいのではと思っていたのだ。

ある程度、覚悟していたのだが、そのぶんあっさりと歓迎してもらえて拍子抜けしてしまった。

「姉たちにケイを取られるかと、俺のほうは冷や冷やしたがな」

「え？　もしかして嫉妬《しっと》……？」

「悪いか」

「悪くないけど、グレンも妬《や》いたりするんだなって」

拗《す》ねたような表情を思わず可愛いと思ってしまった。

「大丈夫だよ。お姉さんたちはグレンのことが大事だから、俺のことも歓迎してくれたんだって」

「油断はできない」

蛍には一人っ子だからわからないけれど、姉弟同士での力関係というものがあるのかもしれない。

「そうだ、聞き取りはどうだった？　ずいぶん帰ってくるの早かったけど」

「心配はない。後日、報告書を出したらそれで終わる」

「俺のことは……」

異世界の人間がどういう扱いになるのかということについては不安があった。日本でグレンが暮らしていくとしても、正式な在留資格を得るには簡単ではなかっただろう。

この国でも、そういった事務手続きのようなものが必要なはずだ。どんな状況になっても受け入れるつもりだが、不安がないとは云い切れない。

「移住申請という形で登録できそうだ。数は少ないが他の種族が技術者として俺の国に移住していたりもするからな。まあ、人間は初めてだが、手続きは変わらないとのことだ」

「それならよかった」

グレンの説明に、ほっと胸を撫《な》で下ろす。

「とりあえず、俺にできることを探さないとな」

何もしないでも生きていけるだろうが、グレンにただ養われて暮らすことだけは嫌だ。支えになりたいなんておこがましいことを云うつもりはないけれど、少しでも役に立てたらとは思う。

幸い魔法を使える体質のようだから、きちんと学んでみたい。召喚の術のお陰で会話は不自由なくできているけれど、文字の読み書きはできない。まずはそこから始める必要がある。

新しく学ぶことが嬉しくて、いまは好奇心でわくわくしている。

「そう焦ることはない。ゆっくりやりたいことを探していけばいい。まずはこちらの生活に慣れるところからだな」

「うん、ありがとう」

蛍をやや強引に連れてきたと思っているのか、グレンには幾ばくかの罪悪感があるようだ。自分の意思で選択したのだと言葉で否定しても、すぐには納得してくれないだろう。後悔をしていないことは、態度や行動で示していくしかない。

「……ところで、体調のほうはどうだ？」

グレンは歯切れ悪く、そう訊《たず》ねてきた。

「すっかりよくなったよ。グレンのくれた薬湯のお陰ですっきりした」

少し苦くて鼻に抜けるような香りのそれを飲み干してから一眠りしたら、不快感や気怠《けだる》さだけでなく疲れもすっかり消えていた。

「それなら、口づけても大丈夫か？」

「え？　あ、う、うん、大丈夫、だと思う……」

予想外の問いかけに目を丸くする。

グレンとキスをすると、蛍の体はその気になってしまう。それを気遣って、控えていてくれたようだ。

改めて問われると何だか気恥ずかしいけれど、触れ合いたくないわけではない。そっと抱き寄せられた蛍は、逞《たくま》しい腕の中でグレンを見上げる。

愛《いと》おしげに見つめてくる視線が絡み合うと、言葉以上に気持ちが通じ合うようだった。

「ケイ、一緒に来てくれてありがとう」

「俺のほうこそ、連れてきてもらえて嬉しい」

心からそう告げると、グレンの瞳《ひとみ》が微《かす》かに揺れる。

蛍はそっと目を閉じ、恭しく降りてきた唇を受け止めた。

あとがき

はじめまして、こんにちは。藤崎《ふじさき》都《みやこ》です。

この度は拙作をお手に取って下さいましてありがとうございました！

今年の夏は気が遠くなるほど暑かったですが、皆様いかがお過ごしでしたか？　私はと云うと、暑さのあまり最早記憶も定かではありません……。

ようやく秋の気配が感じられるようになり、ほっとしているところです。季節の変わり目は体調を崩しやすくなりますので、皆様どうぞご自愛下さいね。


今回、リンクスロマンスさんでは初めての本ということで、大人めな雰囲気を目指してみたのですが、書き上がってみたらこれまでとあまり変わりがない気がします(苦笑)。

ファンタジーテイストなお話を書くのも初めての経験だったのですが、設定を考えるところで四苦八苦しました。

担当さんからリクエストをいただいて書き始めたのものの、一つの世界観をきっちり構築する自信がなかったので、異世界に行くのではなく向こうからこちらの世界に来てもらうことにしました。

手探り状態でしたが、魔法を使うシーンの描写など楽しく書かせていただきました。そんなこんなで色んなチャレンジをした作品になりました。読んで下さった皆様には少しでも楽しんでいただけたら光栄です。

そして、華やかで美麗なイラストを描いて下さった小山田《おやまだ》先生には感謝の言葉では足りません。

蛍《けい》やグレンの人型の姿は可愛くてカッコいいですし、竜の姿のイラストも綺麗で大好きです！　本当に華やかで素敵なイラストを描いて下さってありがとうございました！

お世話になりました関係者の皆様にもお礼申し上げます。

最後になりましたが、この本をお手に取って読んで下さいましてありがとうございました。差し支えなければ、感想など聞かせていただけると嬉しいです。

それでは。またいつか、どこかでお会いできますように！

二〇一八年九月　　藤崎都

天上の獅子神と契約の花嫁

てんじょうのししがみとけいやくのはなよめ

月森あき

イラスト：小禄

本体価格870円+税

明るく天真爛漫なマクベルダ王国の皇子・アーシャは、国王である父や兄を支え、国民の暮らしを豊かにするために、日々勉学に励んでいた。しかし、成人の儀を一ヶ月後に控えたある日、父が急な病に倒れてしまう。マクベルダ王国では、天上に住む獅子神に花嫁を差し出すことで、神の加護を得る習わしがあった。アーシャは父と国を救うため、獅子神・ウィシュロスの元へ四代目の花嫁として嫁ぐことを決める。穏やかで優雅なウィシュロスに心から惹かれていくアーシャだが、自分以外にも彼に愛された過去の花嫁の存在が気になりはじめ――？

リンクスロマンス大好評発売中

毒の林檎を手にした男

どくのりんごをてにしたおとこ

秀香穂里

イラスト：yoco

本体価格 870 円+税

オメガであることをひた隠しにしてアルファに偽装し、名門男子校の教師となった早川拓生は、実直な勤務態度を買われ、この春から三年生のアルティメット・クラスの担任に就くことに。大学受験を控えた一番の進学クラスであるクラスを任されひたむきに努力を重ねる早川だったが、悩みの種が一つあった。つねにクラスの中でトップグループに入る成績のアルファ・中臣修哉が、テストを白紙で出すようになったからだ。中臣を呼び出し、理由を尋ねる早川だったが、「いい成績を取らせたいなら、先生、俺のペットになってください」と強引に犯されてしまい……。

ふたりの彼の甘いキス

ふたりのかれのあまいきす

葵居ゆゆ

イラスト：兼守美行

本体価格870円+税

漫画家の潮北深晴は、担当編集である宮尾規一郎に恋心を抱いていたが、その想いを告げる勇気はなく、見ているだけで満足する日々を送っていた。そんなある日、出版パーティで知り合った宮尾の従弟で年下の俳優･湊介と仲良くなり、同居の話が持ち上がる。それを知った宮尾に、「それなら三人で住もう」と提案され、深晴は想い人の家で暮らすことに。さらに、湊介の手助けで宮尾と恋仲になれ、生まれて初めての甘いキスを知る。その矢先「深晴さんを毎日どんどん好きになる。だからここを出ていくね」と湊介にまさかの告白をされ、宮尾のことが好きなのに深晴の心は揺れ動き……？

リンクスロマンス大好評発売中

月の旋律、暁の風

つきのせんりつ、あかつきのかぜ

かわい有美子

イラスト：えまる・じょん

本体価格 870 円+税

奴隷として売られてしまったルカは、逃げ出したところをある老人に匿われることに。翌日老人の姿はなく、かわりにいたのは艶やかな黒髪と銀色に煌めく瞳を持つ信じられないほどに美しい男・シャハルだった。行くところをなくしたルカは、彼の手伝いをして過ごしていたが、徐々にシャハルの存在に癒され、心惹かれていく。実はシャハルはかつてある理由から老人に姿を変えられ地下に閉じ込められてしまった魔神で、そこから解き放たれるにはルカの願いを三つ叶えなければならなかった。しかし心優しいルカにはシャハルと共に過ごしたいという願いしか存在せず……。

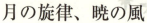

LYNX ROMANCE

小説原稿募集

リンクスロマンスではオリジナル作品の原稿を随時募集いたします。

募集作品

リンクスロマンスの読者を対象にした商業誌未発表のオリジナル作品。
（商業誌未発表のオリジナル作品であれば、同人誌・サイト発表作も受付可）

募集要項

＜応募資格＞

年齢・性別・プロ・アマ問いません。

＜原稿枚数＞

４５文字 ×１７行（１枚）の縦書き原稿、２００枚以上２４０枚以内。
※印刷形式は自由。ただしＡ４用紙を使用のこと。
※手書き、感熱紙不可。
※原稿には必ずノンブル（通し番号）を入れてください。

＜応募上の注意＞

◆原稿の１枚目には、作品のタイトル、ペンネーム、住所、氏名、年齢、電話番号、メールアドレス、投稿（掲載）歴を添付してください。
◆２枚目には、作品のあらすじ（４００字～８００字程度）を添付してください。
◆未完の作品（続きものなど）、他誌との二重投稿作品は受付不可です。
◆原稿は返却いたしませんので、必要な方はコピー等の控えをお取りください。
◆１作品につき、ひとつの封筒でご応募ください。

＜採用のお知らせ＞

◆採用の場合のみ、原稿到着後６カ月以内に編集部よりご連絡いたします。
◆優れた作品は、リンクスロマンスより発行させていただきます。
原稿料は、当社既定の印税でのお支払いになります。
◆選考に関するお電話やメールでのお問い合わせはご遠慮ください。

宛先

〒151-0051
東京都渋谷区千駄ヶ谷４−９−７
株式会社　幻冬舎コミックス
「リンクスロマンス　小説原稿募集」係

LYNX ROMANCE イラストレーター募集

リンクスロマンスでは、イラストレーターを随時募集いたします。

リンクスロマンスから任意の作品を選び、作品に合わせた
模写ではないオリジナルのイラスト（下記各1点以上）を描いてご応募ください。
モノクロイラストは、新書の挿絵箇所以外でも構いませんので、
好きなシーンを選んで描いてください。

1 表紙用カラーイラスト

2 モノクロイラスト（人物全身・背景の入ったもの）

3 モノクロイラスト（人物アップ）

4 モノクロイラスト（キス・Hシーン）

募集要項

＜応募資格＞

年齢・性別・プロ・アマ問いません。

＜原稿のサイズおよび形式＞

◆Ａ４またはＢ４サイズの市販の原稿用紙を使用してください。
◆データ原稿の場合は、Photoshop（Ver.5.0 以降）形式でＣＤ－Ｒに保存し、
出力見本をつけてご応募ください。

＜応募上の注意＞

◆応募イラストの元としたリンクスロマンスのタイトル、
あなたの住所、氏名、ペンネーム、年齢、電話番号、メールアドレス、
投稿歴、受賞歴を記載した紙を添付してください（書式自由）。
◆作品返却を希望する場合は、応募封筒の表に「返却希望」と明記し、
返却希望先の住所・氏名を記入して
返送分の切手を貼った返信用封筒を同封してください。

＜採用のお知らせ＞

◆採用の場合のみ、６カ月以内に編集部よりご連絡いたします。
◆選考に関するお電話やメールでのお問い合わせはご遠慮ください。

宛先

〒151-0051 東京都渋谷区千駄ヶ谷 4－9－7
株式会社　幻冬舎コミックス
「リンクスロマンス　イラストレーター募集」係

この本を読んでの
ご意見・ご感想を
お寄せ下さい。

〒151-0051
東京都渋谷区千駄ヶ谷4-9-7
(株)幻冬舎コミックス　リンクス編集部
「藤崎《ふじさき》 都《みやこ》先生」係／「小山田《おやまだ》あみ先生」係

リンクス ロマンス

竜人は十六夜に舞い降りて

2018年10月31日　第1刷発行

著者……………藤崎《ふじさき》 都《みやこ》
発行人…………石原正康
発行元…………株式会社　幻冬舎コミックス
〒151-0051　東京都渋谷区千駄ヶ谷4-9-7
TEL 03-5411-6431（編集）
発売元…………株式会社　幻冬舎
〒151-0051　東京都渋谷区千駄ヶ谷4-9-7
TEL 03-5411-6222（営業）
振替00120-8-767643
印刷・製本所…株式会社　光邦
検印廃止

ISBN978-4-344-84329-5 C0293
Printed in Japan

幻冬舎コミックスホームページ　http://www.gentosha-comics.net